纯美儿童文学读本
给孩子的阅读计划

我喜欢你的陪伴

曹文轩 主编

北京理工大学出版社
BEIJING INSTITUTE OF TECHNOLOGY PRESS

版权专有　侵权必究

图书在版编目（CIP）数据

我喜欢你的陪伴 / 曹文轩主编 . — 北京：北京理工大学出版社，2018.7
ISBN 978—7—5682—5584—4

Ⅰ . ①我… Ⅱ . ①曹… Ⅲ . ①儿童文学－作品综合集－世界 Ⅳ . ① I18

中国版本图书馆 CIP 数据核字（2018）第 077999 号

出版发行 / 北京理工大学出版社有限责任公司
社　　址 / 北京市海淀区中关村南大街 5 号
邮　　编 /100081
电　　话 /（010）68914775（总编室）
　　　　　（010）82562903（教材售后服务热线）
　　　　　（010）68948351（其他图书服务热线）
网　　址 /http：//www.bitpress.com.cn
经　　销 / 全国各地新华书店
印　　刷 / 北京顶佳世纪印刷有限公司
开　　本 /880 毫米 ×1230 毫米　1/32
印　　张 /5.5　　　　　　　　　　　　　责任编辑 / 刘永兵
字　　数 /50 千字　　　　　　　　　　　策划编辑 / 张艳茹
版　　次 /2018 年 7 月第 1 版　2018 年 7 月第 1 次印刷　责任校对 / 周瑞红
定　　价 /32.80 元　　　　　　　　　　　责任印刷 / 边心超

图书出现印装质量问题，请拨打售后服务热线，本社负责调换

在国际安徒生奖颁奖典礼上

那些纯正而优美的文学作品,为人类提供着良好的人性基础。这些作品,成了港湾、绿地、林间湖泊、月下麦田、人生舞台的幕间音乐,使疲倦的心灵得到了慰藉。

——曹文轩

序

——曹文轩

这是一套品质上乘的读本。选者是在反复斟酌、比较之后，才从大量的作品中挑选出这些作品的。无论长短，无论体裁，一篇是一篇，篇篇都是经典或具有经典性的作品。这些作品有正当的道义观，有很高的审美价值，字里行间充满悲悯情怀。在写作上也很有说道之处。当下用于学生阅读的选本很多，但讲究的、能看出选者独特眼光的并不多。这套读本的问世，将给成千上万的读者提供值得他们花费宝贵时间的美妙文字。

我一直在问：语文的课堂到底有多大？

我也一直在回答：语文课堂要多大有多大。

一个学生如果以为一本语文课本就是语文学习的全部，那么他要学好语文基本是不可能的，语文课本只是他语文学习的

序

一部分，甚至可以说是很有限的一部分。他必须将大量时间用在课外阅读上。语文学科就是这样一门学科：对它的学习，语文课堂并非是唯一空间。而其他的学科——比如数学，也许只在课堂上就可以完成学习任务了。语文的功夫主要是在堂外做的。同样，对于一个语文老师而言，他要教好语文，如果只是将精力全部投放在一本语文教材上，以为这就是语文教学的全部，他也是很难教好语文的。语文是一座山头，要攻克这座山头的力量来自其他周围的山头——那些山头屯兵百万，一旦被调动，必将攻无不克、战无不胜。我去各地的学校给老师和孩子们做讲座时，多次发现，那些语文学得好的孩子，往往都有一个很好的语文老师，而这些语文老师的教学方法有一共同之处，这就是让学生广泛阅读优质的课外读物。我甚至发现一些很有想法的老师采取了一个不免有点极端的做法：将语文课本一口气讲完，将后面本属于语文课的时间全部交给学生，让他们进行课外阅读。在他们看来，对语文知识和神髓的领会，是在有了较为丰富的课外阅读之后，才能发生；一册或几册语文课本，是无法帮助学生形成语感的，也是无法进入语文文本的深处，然后窥其无限风景的；解读语文文本的力量，语文文本本身也许并不能提供。

序

因此，无论是对学生而言，还是对老师而言，都需要拿出足够的时间用于阅读《纯美儿童文学读本》这样的书。这种阅读很值得。

这套读本将文本的审美价值看得十分重要，冠之"纯美"二字，自有它的道理。审美教育始终是中国中小学教育的短板。而学校是培养人——完人的地方。完人，即完善的人，完美的人，完整的人。而完人的塑造，一定是多维度的。其中，审美教育当是重要的维度之一。当下中国出现的种种令人不满意的景观，可能都与审美教育的短板有关。在我们还没有找到一个恰当的、行之有效的方法之前，让学生阅读那些具有审美价值的作品，也许是一个不错的选择。

美的力量绝不亚于知识的力量、思想的力量，这是我几十年坚持的观念。我经常拿《战争与和平》中的一个场面说事：安德烈公爵受伤躺在了战场上，当时的心情四个字可以概括——万念俱灰，因为他的国家被拿破仑的法国占领了，他的理想、爱情，一切都破灭了，现在又受伤躺在了战场上，现在就只剩下了一个念头：死！那么是什么力量拯救了他，让他又有了活下去的欲望和勇气？不是国家的概念、民族的概念，更不是政治制度的概念（沙皇俄国政治制度极其腐朽），而是俄罗斯的天空、森林、草原和河流，即庄子所说的天地之大美，是美的力量让他挺立了起来。

因此，美文是我们这套选本最为青睐的。

为了让这套书能有助于培养学生的人格品质和提升语文学习能力，特地邀请了一些特级语文老师和一些著名阅读推广人参加了这项工作。他们不仅不辞辛劳地从浩如烟海的作品中"打捞"优秀文本，还对作品进行了赏析和导读。因为他们从事的职业是语文教育，他们对文本的解读，与一般评论家的评论相比，有着很大的区别。他们的关注点往往都与语文有关，在分析和评论这些文本时，"语文"二字是一刻也不会忘记的。他们有他们的解读方式，他们有他们进入文本的途径，而这一切，也许更适合指导学生阅读，更有利于学生的语文学习。

这套书的生命力，是由这套书所选的文本的生命力决定了的。这些文本无疑都是常青文本。

曹文轩

2018 年 1 月 17 日于北京大学

目 录

一、多彩的童年
"伟大"的代价　（法）阿纳托尔·法朗士 / 著　| 002

捉迷藏　（俄）尼·诺索夫 / 著　| 006

埃迪找不到大象　（美）伊迪丝·巴特尔斯 / 著　| 011

大蛋糕　（德）迪米特尔·茵可夫 / 著　| 015

二、好玩的诗句
一个接一个　（日）金子美玲 / 著　| 022

窗前　（英）米尔恩 / 著　| 025

熏咸鲱鱼　（法）夏尔·克罗 / 著　| 029

跳水板　（美）谢尔·希尔弗斯坦 / 著　| 032

三、喜欢你的陪伴
你睡不着吗，小小熊？　（爱尔兰）马丁·瓦尔多 / 著　| 036

第十二只枯叶蝶　王一梅 / 著　| 043

惊喜　（美）阿诺德·洛贝尔 / 著　| 047

风筝　洪志明 / 著　| 050

四、小狗和小鸭子

十二只小狗的命运　费正平 / 编译　　　　　　　　　| 054

我家的小狗　（捷克）博·西哈 / 著　　　　　　　　| 058

孩子们和野鸭子　（俄）普里什文 / 著　　　　　　　| 060

给小鸭让路　（美）麦克罗斯基 / 著　　　　　　　　| 064

五、神奇的故事

田螺姑娘　唐代传奇　　　　　　　　　　　　　　　| 070

夸父逐日　古代神话　　　　　　　　　　　　　　　| 074

赵廓学变身　古代神话　　　　　　　　　　　　　　| 077

晏子使楚　历史故事　　　　　　　　　　　　　　　| 081

六、校园生活

给国王画胡子　（南斯拉夫）布·乔皮奇 / 著　　　　| 086

优点单　（美）海伦·穆罗斯拉 / 著　　　　　　　　| 091

老师的眼睛是 X 光　（日）古田足日 / 著　　　　　 | 096

七、感悟生命

一粒橡子的奇遇　（美）约瑟夫·安东尼 / 著　　　| 104

当世界年纪还小的时候（节选）　（德）于尔克·舒比格 / 著　| 108

一片叶子落下来　（美）利奥·巴斯卡利亚 / 著　　| 112

八、家人之间

家　（美）摩根 / 著　　　| 120

西摩和奥珀尔　（美）尼科尔·贾赛克 / 著　| 124

九、书的光芒

灯下夜读　毛芦芦 / 著　　　| 130

小鬼和小商人　（丹麦）安徒生 / 著　| 133

读吧，小牧童　（保加利亚）伐佐夫 / 著　| 139

书的光芒　（希腊）安吉利基·瓦里拉 / 著　| 142

十、有趣的事情

陀螺　高洪波 / 著　　　| 146

砸鱼　尹正茂 / 著　　　| 151

战马蜂　赵丽宏 / 著　　| 154

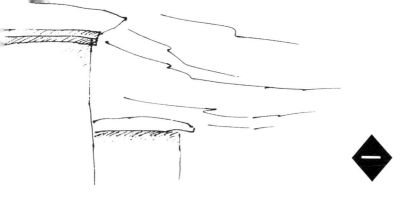

多彩的童年

　　看到青蛙忍不住要去捉一捉；玩游戏时耍耍赖；偶尔闹闹小情绪，不想去上学，不想去识字；想吃奶油蛋糕，就编个自认为非常棒的理由……这就是童年，整天无忧无虑，整天忙着闯祸，用天真、淘气、活泼、可爱画出了一幅幅多彩的画。

"伟大"的代价

（法）阿纳托尔·法朗士 / 著
叶君健 / 译

导读：
艾蒂昂还小，可是他的四个自认为是强者的伙伴没有等他，而是让他气喘吁吁地赶路。四个"强者"做了一件"伟大"的事——捉青蛙，他们将会付出什么代价呢？

罗歇尔、马赛尔、贝尔纳、夏克斯和艾蒂昂要去看他们的朋友热昂。他们要在一条宽阔的公路上走。这条路在田野和草地上弯弯曲曲地向前伸展，像一条黄色的缎带。

现在他们动身了。他们并排地往前走；这是最好的走法。这一次的安排只有一个缺点：艾蒂昂太小了，跟不上。

但他在紧跟。他提起他最好的那只脚大步向前。他那双短腿尽量伸开，尽量扩大跨度，他还甩开双臂来使劲。但他是太矮小了，他没办法走得和他的伙伴们同样快。正因为他太小，他落到后边了，没有办法。

那些大孩子都比他年长。照理讲，他们应该等待他，使自己的步子与他的步子合拍。他们实在应该如此，可是他们却不这样做。向前进！这个世界上的强者总是这样喊，而把弱者遗弃在后面。但是，请听听事情的结尾吧。那四位又高大，又强壮，又结实的朋友忽然看见地上有一件东西在跳跃。它在跳跃，因为它是一只青蛙。它想从路边跳到草地上去。草地是青蛙的家，它喜欢它。它的寓所就在那儿的一个溪流旁边。它跳跃着，跳跃着。

它是一只绿色的青蛙。它像一片有生命的树叶。这些孩子现在来到了草地上；他们觉得他们的脚在往那长着草丛的软泥地上下陷。他们再向前走了几步，泥巴就已经漫到他们膝盖上了。下面的沼泽地被上面长着的草儿掩盖住了。

他们花了好大气力才算把自己拔出来。鞋子、袜子和腿肚子全都变得像墨水一样黑。这块绿草地上的童话之神，给这四个坏孩子涂上了一层泥巴做的绑腿。

艾蒂昂赶上前，连气都喘不过来。当他看到他们这副狼狈相时，他不知道他应该感到高兴还是惋惜。他那幼小的心灵现在充满了一种灾难之感——一种伟大和豪强的人物遇到了灾难的那种感觉。至于那四位满身是泥的顽童呢，他们只有老老实实地沿着那走过来的路再回去，因为他们——我们很想知道——怎么好意思去看他们的朋友热昂呢——特别是当他们的鞋子和袜子成了现在这副样儿？当他们回到家来的时候，他们的母亲们可以根据他们的腿所暴露的情况猜出他们曾经捣过什么蛋，而艾蒂昂的那双胖胖的小脚倒是说明了他一直是多么规矩。

阅读感悟：

  读了这个故事，你是不是忍不住捂着嘴笑了？艾蒂昂太小，跟不上四个"强者"，这四个小家伙竟然把他遗弃了，任凭他在后面拼命地追赶。后来，四个小家伙看到了一只青蛙，接下来他们为捉青蛙的淘气行为付出了代价，而艾蒂昂却"因祸得福"……作者用诗一样的语言将事情的经过娓娓道来，故事幽默而又风趣，让人读后忍俊不禁。在笑的同时，你有没有想过，在这五个小家伙的身上，你是不是找到了自己的影子？

捉迷藏

(俄)尼·诺索夫/著
陈祖莫 武立峰/译

导读:
维佳和斯拉维克玩起了捉迷藏的游戏。维佳先藏,他被斯拉维克找到后,应该轮到斯拉维克藏了,没想到维佳要赖,要再藏一次。结果他藏了一次、两次、三次……游戏还能再继续下去吗?

维佳和斯拉维克是邻居,他们经常互相串门。有一次维佳来找斯拉维克玩,斯拉维克说:"咱们玩捉迷藏吧!"

"行啊!"维佳同意了,然后拍了两下嘴说,"哇!哇!我先藏!"

"好吧,我来找。"斯拉维克说完就到过道里去了。

维佳跑进屋子,钻到床底下,然后喊:

"好了!"

斯拉维克进来了，往床那边一瞧，立刻就把维佳找到了。维佳从床底下爬出来说：

"这次不算，我还没有藏好呢！我要是藏好了，你根本就找不到我。咱们重来。"

"那你就再藏一次吧。"斯拉维克同意了，然后又到过道里去了。

维佳跑到院子里想找个藏得住的地方。他一看板棚旁边有个狗窝，里面有只小狗勃比克。他把勃比克赶了出来，自己钻进狗窝，喊道："好了！"

斯拉维克出来找维佳。找呀，找呀，怎么也找不到。

维佳在狗窝里待腻了，从里面伸出头来。这时斯拉维克瞧见他，喊道：

"哈，你躲到这里来了！快出来！"

维佳从狗窝里钻出来又说：

"这次不算，不是你找到我的，是我自己把头探出来的。"

"谁叫你探头的？"

"蜷着身子待在狗窝里太不舒服了。如果不用蜷着身子待在里面，你肯定找不到我的。我还得重新藏。"

"不行，这次该我藏了。"斯拉维克说。

"那我就不玩了！"维佳生气了。

"好，好，那就让你一次，你再去藏吧。"斯拉维克又同意了。

维佳跑到屋子里,把门关上,钻到挂在衣架上的大衣后面。斯拉维克又来找他。斯拉维克刚打开门,勃比克马上就钻进屋里,跑到衣架前对维佳亲热起来。维佳气坏了,使劲地用脚踢勃比克。

斯拉维克看见他就喊:

"你原来在这儿!从衣架后面出来吧!"

维佳出来说,

"这次还不算,不是你把我找出来的,是勃比克。我还得藏一次。"

"这叫什么事儿?"斯拉维克不干,"老是你藏,老让我找啊!"

"你再找一次,然后就让你藏。"维佳说。

斯拉维克重新闭上眼睛,维佳跑到厨房。他从橱柜里把餐具全都搬出来,自己钻进去,然后喊:"好了!"

斯拉维克找到厨房,一看餐具都从橱柜里搬出来了,就知道维佳藏在里面。他悄悄地走到橱柜前,轻轻地把挂钩挂上,然后跑出去和勃比克玩"捉迷藏"。他藏,让勃比克找。

"真不错,"斯拉维克想,"跟勃比克玩比跟维佳玩有意思得多。"

维佳在橱柜里待了一会儿又待腻了,想钻出来,可门打不开。他害怕了,大声喊起来:

"斯拉维克!斯拉维克!"

斯拉维克听到叫声就跑来了。维佳在橱柜里喊：

"快把我放出来！不知怎么门打不开了。"

"你要是同意找我，我就把你放出来。"

"我凭什么找你，你还没有找到我呢！"

斯拉维克对他说：

"那你就待在里面吧，我玩去了。"

"不许你这么做！"维佳喊道，"这可不够朋友！"

"老是让我找你，难道就够朋友吗？"

"够！"

"那你就在里面待到晚上吧。"

"好，就让你藏吧，只是求你把我放出来。"

斯拉维克把挂钩摘下来了。维佳从里面出来，看到挂钩，于是就说：

"你是不是故意把我锁在里面的？既然这样，那我不找你了。"

斯拉维克回答说：

"不找就不找呗，我和勃比克会玩得更好。"

"难道勃比克会找吗？"

"那还用说，比你强多了！"

"那咱俩一块儿藏，让勃比克找吧。"

维佳和斯拉维克跑到院子里躲起来了。勃比克很会玩捉迷藏，只是不会闭眼睛。

阅读感悟：

　　维佳的理由真多，还振振有词的！仔细找找，他找了哪些理由？他说得有道理吗？如果没有斯拉维克的寻找，他们的捉迷藏游戏还会这么好玩吗？

埃迪找不到大象

（美）伊迪丝·巴特尔斯 / 著

王世跃 / 译

导读：

埃迪找大象居所，找到的是饮料亭子。埃迪要橘子汁，要来的是凉茶。埃迪要花生米，要来的是腥腥的鱼片……这是怎么回事呢？

埃迪向公园走去，路上他自言自语地说："我没有必要上学，动物就不识字，所以我也用不着识字。我准备住到动物园里，给人们当导游。"

"从我开始吧，"埃迪的爸爸说，"你打算先带我看什么动物呢？"

"大象。"埃迪说。

埃迪抬头看了看指示牌。他可以按指示牌的方向走，但他不认识上面的字。他看到一个指示牌上写的好像是"大象"。

"这边走。"埃迪说。

埃迪和爸爸在小径上走。他们来到一个卖食品饮料的亭子。

"我得先喝点橘子汁再看大象吧!"埃迪急忙说。

埃迪瞧了瞧指示牌。哪些字表示橘子汁呢?"我要这个。"他说。他指的牌子上面写的是"凉茶"。

"我要这个。"埃迪的爸爸说。他指了指写着"橘子汁"字样的指示牌。

售货员将两个杯子灌满递过来。埃迪喝了一口。他得到的竟是凉茶!

"你杯子里是什么?"埃迪问。

"橘子汁,你的茶好喝吗?"爸爸问。

"很好。"埃迪说。但他爸爸朝别处看时,埃迪将茶水偷偷倒进了垃圾桶里。

埃迪听到海豚的叫声,就说:"咱们顺便看看海豚,看过海豚再去找大象。"

一个男孩正从一台自动售货机里取出一袋食品。袋子里像是装着花生米。

"我想要一些花生米。"埃迪说。他把硬币投进机器里,按了一个按钮。一只纸袋掉下来。一闻是鱼片!

有些孩子在给海豚喂鱼片。埃迪把他的鱼片扔给海豚。

他假装他本来要的就是鱼片。

埃迪嗅了嗅双手。啊!一手鱼腥。

"我们到洗手间洗洗手吧。"埃迪说。

"你带路。"爸爸说。

埃迪看了看指示牌。他看到一个指示牌上写的好像是"洗手间"。他和爸爸朝那个方向走去。

出现在他们眼前的是三头大象!

"我说过我要带您看大象的。"埃迪说。

爸爸说:"我们坐下看吧。"

"这儿没有人坐。"埃迪说,"我来把这牌子拿开——"

"慢着!"爸爸叫道。但埃迪已经坐下来了,这时他知道牌子上写的是什么了:注意!油漆未干。

"咱们回家吧。"埃迪忙说。

一路上,埃迪看到了各种各样的指示牌,但他一个也看不懂。

"最好早点回家。"爸爸说,"你需要点时间打点行装,明天好搬到动物园来。"

埃迪想了想,说:"也许我还是等一等的好。动物园嘛,我随时都可以搬来住的。还有,在搬来住之前,我得向学校里的每一个人都道个别,说声再见。我想,也许等明年吧,明年我会住到动物园里来。"

阅读感悟：
　　埃迪觉得没有必要上学，没有必要识字，他准备到动物园里当导游。为什么他带爸爸去动物园后改变了主意呢？这样的爸爸你喜欢吗？说说你的理由。

大蛋糕

（德）迪米特尔·茵可夫 / 著

程 玮 / 译

导读：

妈妈要请客，特地准备了一个很大的鲜奶油蛋糕。克拉拉和"我"担心大蛋糕变质有毒，便勇敢地以身试"毒"，把整块蛋糕都仔细地"检查"了一遍。最后他们的肚子真的痛了，难道蛋糕真的坏了？

有一天，克拉拉过来对我说："你知道厨房里有什么吗？"

其实我根本不想知道。不过既然她这么问我，我就问："什么呢？"

"一只大蛋糕！"

"是这样的吗？"我问，我拿来一张纸，用彩笔在上面画了一个蛋糕。

"不,比这个大多了。"她说,"而且也好看多了!"

"这样的?"

我画了一个更大更好看的蛋糕。

"比这还要大。"克拉拉说,"上面是巧克力和奶油。"

"我不信。"

"想去看看吗?"

"太想啦。"

"跟我去厨房吧。你会大吃一惊的。它就在冰箱里。"

我们俩走进厨房。克拉拉打开冰箱门。可不,里面放着一个漂亮的大蛋糕,上面堆满了奶油、巧克力和樱桃,蛋糕周围还装饰着樱桃蜜饯。一看到它,我的口水就流出来了。克拉拉也一样。我们目不转睛地盯着蛋糕看,妈妈走进来了。

"你们俩听着,你们不许碰这个蛋糕!今天我们有客人来。你们的两个姨妈,爱玛和格丽塔,这个蛋糕就是为她们准备的。你们也会分到一点,那得等到下午。你们听明白了吗?"

"明白了,妈妈。我们今天有客人来,爱玛姨妈和格丽塔姨妈。我们要等到下午,才能吃到一点蛋糕。"

"很好,"妈妈说着,关上了冰箱门。然后,她看了看表,说,"天哪,约好了去看病的,差点忘了。孩子们,我得去医生那儿了。"

她说完就走了。家里就剩下我们俩,我和克拉拉。

我们在儿童房里玩了一会儿,突然克拉拉说:"走,跟我一起去厨房。"

"干什么?"

"我们去看看,蛋糕还在不在。也许,它让人偷走了。"

"谁会偷呢?"

"谁?小偷啊。这么漂亮的大蛋糕,世界上每个小偷都想偷呢。然后一个人拿回家去吃个痛快。你没看见,厨房的窗子开着呢!"

我们俩走进厨房。真的,厨房的窗子是开着的。克拉拉打开冰箱,我们松了口气,大蛋糕还在。

我发现克拉拉的眼睛闪闪发亮。我赶紧提醒说:"克拉拉,不许碰蛋糕,它是给客人吃的。今天我们家来客人,爱玛姨妈和格丽塔姨妈。蛋糕是为她们准备的,我们要等到下午,才能吃到一点。"

"我根本就没想要去碰它。"克拉拉说,"我只是想,这蛋糕可能不新鲜了。两个姨妈吃了会中毒,会死掉的。"

我的鸡皮疙瘩都起来了。"你别胡说!肯定不会的。"

"谁说不会?从这一面看过去,就有点问题。"

"你的意思是,这蛋糕坏了?"

"就是这个意思。两个姨妈吃了以后会中毒,会死掉的。"

"她们死在哪里呢?"

"你说在哪里？就在我们家的客厅。在新买的沙发上。她们两个挨在一起，死掉了。"

我又起了一层鸡皮疙瘩。"克拉拉，那你说，我们现在该干什么？"

"很简单，我们要舍己救人。我们把看着不新鲜的这面尝一尝。注意，要非常小心。"

"好的。"我点点头，"我们舍己就舍己吧。"

我们把大蛋糕从冰箱里搬出来，从可疑的那一面开始品尝。但没有发现不正常的地方。

"克拉拉，"我说，"别担心，蛋糕是好的，它的味道好极了。我们的两个姨妈肯定不会中毒，她们高兴都来不及呢。我再跟你说，克拉拉，她们高兴都来不及呢。蛋糕是好的。"

"嗯，"克拉拉点点头，"这一面的蛋糕是好的，但那几面怎么样呢？"

"那好吧，"我点头说，"我们把每一面都尝尝。"

我们很努力地把蛋糕的其他几面都尝过了，还是没有发现不正常的地方。

"克拉拉，蛋糕的每一面都是好的。两个姨妈一定会吃得很高兴，她们不会中毒的。"

"不错。"克拉拉点头说，"蛋糕的周围都是好的，可是，谁都知道，带巧克力和奶油的蛋糕，最容易坏的就是中间那部分。"

"那么,"我大声说,"我们也试试中间的那部分。"

现在,我们把中间的那部分也尝了一下。我们在蛋糕中间挖了一个很深的洞,一直挖到蛋糕的最底下。

这时候,妈妈回来了。她不敢相信自己的眼睛。她围着蛋糕走了三圈,说:"这已经不是蛋糕了,这是堆垃圾,我怎么能把它端到客人面前?你们这两只馋嘴的小猪,接着吃,接着吃,一直吃到撑破你们的肚子!"

既然妈妈都这么说了,我们还能怎么样?我们就接着吃了,把整个蛋糕全部吃完了。

然后,我们的肚子就疼起来了!好疼好疼。

我和小姐姐克拉拉并排躺在床上。

克拉拉叹着气,说:"我从一开始就知道,这蛋糕不对劲。"

阅读感悟:

多么善良、勇敢的小姐弟呀,为了避免客人中毒,两个人完全不顾自己的安危,把蛋糕里里外外仔细地"检查"了一遍。姐弟俩把肚子吃疼了,我们把肚子笑疼了!这篇故事选自《我和小姐姐克拉拉》这本书,书里讲述了这对天真可爱的小姐弟的许多故事,每个故事都短小幽默,保证让你乐翻了天。

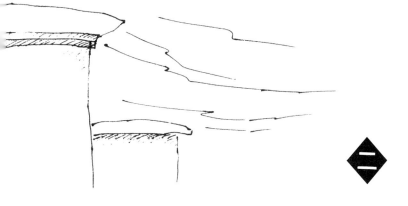

好玩的诗句

　　每个孩子都是一个诗人,用脚踩影子的时候,走过的脚步,留下的串串笑声,就是一首诗;用竹竿捣蛋的时候,竹竿画过的弧线,还有一连串怪异的事情,就是一首诗;让窗玻璃上的两个小雨点展开比赛,心里想着一方赢,因呐喊助威而红的脸蛋,就是一首诗……

　　一幅幅画面,组合成美妙的童年;一首首诗,传唱的是美丽的童趣。

　　在这样的乐园,你尽情书写着,美而不自知。

一个接一个

（日）金子美玲 / 著
吴　菲 / 译

导读：
　　你的心里有几个"我"呢？他们是不是有时候还会"打架"，让你左右为难？把这些写下来，就是一首诗呀。

月夜里玩踩影子的时候，
大人就来叫"快回家睡觉"！
（我好想再多玩一会儿啊！）
不过回家睡着了，
就可以做各种各样的梦。

正做着好梦的时候，
大人又来叫"赶快上学校"！
（要是没有学校就好了。）

不过去了学校，
就可以看到小伙伴，多么好玩。

和大伙儿正玩着跳房子，
操场上却响起了上课铃。
（要是没有上课铃就好了。）
不过听老师讲故事，
又是那么有趣。

别的孩子也是这样吗？
也像我一样，这么想吗？

阅读感悟：
  在读这首诗的时候，你有没有发现特别的地方。对呀，括号里的句子是什么意思呢？我们来读一读就知道了，原来，括号内的句子，全是"我"的心里话呀。

窗前

（英）米尔恩 / 著

任溶溶 / 译

导读：
　　下雨的时候，你在家里做什么呢？不妨呀，朝窗玻璃上多看几眼，那里正在举行一场比赛呢！猜猜它们谁是冠军？

我的两个小雨点，
等在玻璃上面。

我在等着看它们
哪个赛跑得冠军。

两个雨点俩名字，
一个约翰，一个叫詹姆斯。

詹姆斯先开了步,
我的心里望它输。

约翰怎么还在等?
我的心里望它赢。

詹姆斯跑得渐渐慢,
约翰像是给阻拦。

约翰终于跑起来,
詹姆斯的步子又加快。

约翰冲下窗子一溜烟,
詹姆斯的速度又在减。

詹姆斯它碰到一点灰,
约翰在后面紧紧追。

约翰能不能追上?
(詹姆斯可给灰把路挡。)

约翰一下追过它。

（詹姆斯跟苍蝇在拉呱。）

约翰到了，第一名！
瞧吧，窗上太阳亮晶晶！

阅读感悟：
　　这首诗就像故事一样，两个赛跑高手在比赛。一个叫约翰，一个叫詹姆斯，约翰是"草上飞"，詹姆斯是"飞毛腿"。旗鼓相当的两位高手，究竟谁是冠军？读完之后，再看看你家的窗玻璃，再看看教室的窗玻璃，是不是感觉不一样了呢？这世界上缺少的不是美，而是发现美的眼睛呀。再读读，你还会发现，其实你就是其中的一个小雨点。

熏咸鲱鱼

（法）夏尔·克罗 / 著
程曾厚 / 译

导读：
　　准备好了吗？要读一个你们自己的故事啦，一个捣蛋鬼的故事，先准备好两只手，或者可以打拍子的东西，最好能发出响亮的声音的那种。

一垛高大的白墙——光，光，光，
墙上靠着的梯子——高，高，高，
地上的熏咸鲱鱼——干，干，干。

他走过来，两只手——脏，脏，脏，
手里拿着大钉子——尖，尖，尖，
大锤子和一团线——粗，粗，粗。

于是，他爬上梯子——高，高，高，
敲进尖尖的钉子——笃，笃，笃，
登上高大的白墙——光，光，光。

他随手便丢下锤子——落，落，落，
给钉子结一条线——长，长，长，
一头挂熏咸鲱鱼——干，干，干。

他从梯子上走下来——高，高，高，
带走梯子和锤子——重，重，重，
然后，他便走得——远，远，远。

以后，这熏鲱鱼——干，干，干，
挂在长线的头上——长，长，长，
很慢很慢地摇晃——晃，晃，晃。

我编的这则故事——简单，简单，简单，
给严肃古板的人——捣蛋，捣蛋，捣蛋，
让小孩儿觉得——好玩，好玩，好玩。

阅读感悟：

在读这首诗的时候，你会不知不觉伸出手来打拍子，你会情不自禁笑出声来吧。一句话加上三个字，强调的意味就更浓了。诗歌的形式和节奏，给我们带来了阅读的享受。你还可以跟你的伙伴合作读这首诗，一个读前面的句子，一个读后面的，当然形式多样，你可以自己选择啦。读完之后，你一定也想这样"捣蛋"一次，写一个类似的故事吧。那就拿起笔吧，"哒哒哒"，真有趣！

跳水板

（美）谢尔·希尔弗斯坦 / 著
叶 硕 / 译

导读：

读完下面这首诗，你是笑，还是深思呢？这是你自己的选择，就像诗中的"你"究竟是"跳下去"，还是"没有往下跳"，是"你"的选择一样。

你一直站在跳水板上，
你确定了它又直又长。
你确定了它不是太滑。
你确定了它能够承受你的重量。
你确定了它的弹簧弹性很好。
你确定了你不会滑倒在那块布上。

你确定了它会弹得高高。
你确定了你的脚趾可以抓牢——
你从五点半起就站在上面,
做了每一件事情……
就是没有往下跳。

阅读感悟:
　　这是一个独幕剧呢,我们来玩个朗读游戏吧,你先读吧,把诗中的"你"全部改成"我"。接着,我来读啦,听到啦,哈哈,我把诗中的"你"全换成了"他"。最后,我们对读吧,我先读"你一直站在跳水板上",你接着读"我一直站在跳水板上",就这样读下去。三遍读完了,你有什么不一样的感受呢?如果你读到了童趣,那你是快乐的;如果你读得坚定,那你是勇敢的。

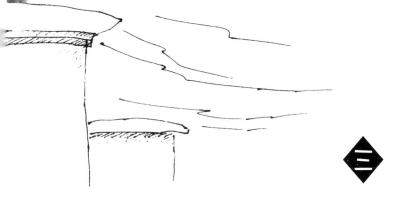

喜欢你的陪伴

　　提拉米苏味的饼干是我的最爱，每次我吃到的时候总想给你留一些；那套图画书我珍藏了很久，你借的时候其实我是有些舍不得的。你穿那套粉色的运动服真有精神，你在跑道上驰骋的时候我几乎喊破了喉咙；你没让我看新买的书签时我真的很生气，还有那次闹别扭，我真的打算一辈子不理你了，可是，可是后来你冲我一笑，我突然就原谅你了……

　　这是我和我最好的朋友，我们的故事每天都在上演，时而形影不离，时而又互不理睬。岂止是我们，大约所有的好朋友都是这样的吧，不信，你看看他们——

你睡不着吗，小小熊？

（爱尔兰）马丁·瓦尔多 / 著
莫 蕾 / 译

导读：
　　孤独害怕的时候，有朋友在身边真是一件幸福的事情。真正的朋友，总会在你需要的时候，给你带来温暖和安全。

　　森林里住着两只熊，一只叫大大熊，一只叫小小熊。大大熊长得大大的，小小熊长得小小的。白天，他们一起在森林里玩耍；晚上，大大熊就领着小小熊回到他们的熊熊洞里。

　　熊熊洞里一个黑暗的角落里，放着一张床。大大熊把小小熊放到床上，对他说："美美地睡吧，小小熊。"小小熊很听话地躺在了床上。

　　这时，大大熊搬出他的熊熊椅，开始坐在壁炉旁边，看他的熊熊书。

可是,小小熊看着大大熊的大背影,怎么也睡不着。

"你睡不着吗,小小熊?"大大熊放下他那本正看得有趣的书,走到了小小熊的床边问。

"我害怕。"小小熊说。

"你怕什么呢,小小熊?"大大熊温和地问。

"我不喜欢这么黑。"小小熊说。

大大熊看了看周围,觉得小小熊这里真的有点黑,就拿来了一个小小的灯笼,点亮了,放在小小熊的床边。

"这下不害怕了吧?你这儿也亮起来了。"大大熊说。

"谢谢你,大大熊。"小小熊在温暖的灯光里,开心地钻进了被窝。

"美美地睡吧,小小熊。"

大大熊说着,又慢慢地走回他的熊熊椅那里。然后坐下来,在壁炉的光里,接着读他的熊熊书。

小小熊很想美美地睡一觉,可他就是闭上了眼睛,也还是睡不着。

"你睡不着吗,小小熊?"大大熊打了个哈欠,伸伸懒腰问。

他放下书,又慢慢地走到小小熊的床边。

"我怕。"小小熊坐在床上,难为情地说。

"怕什么呀,小小熊?"大大熊问。

"我不喜欢这么黑。"小小熊说。

"可我已经给你拿来小灯笼了呀。"大大熊说。

"它只能照亮一点点,有那么多的地方还是黑。"小小熊说。

大大熊看了看周围,觉得小小熊这里真的还是有点黑,就走到壁橱边,拿来了一盏大点的灯笼,点亮了,放在小小熊的床边。

"谢谢你,大大熊。"小小熊又躺进了被窝,望着大大熊说。

"美美地睡吧,小小熊。"大大熊说。他又慢慢走回壁炉边,坐在熊熊椅上,读他的熊熊书。

小小熊用力挤着眼睛,可是没有用,他还是睡不着。他悄悄地爬出被窝,开始在床上玩起了翻跟斗。

"还是睡不着吗,小小熊?"大大熊放下他的熊熊书,又慢慢地走到床边。

"我好怕怕。"小小熊坐在床头说。

"又是怕什么呢,小熊熊?"大大熊说。

"怕黑。"小小熊说。

"怕哪里的黑?"大大熊问。

"怕灯光四周的黑。"小小熊咬着手指,不好意思地说。

"我们可是已经点亮两盏灯笼了呀,"大大熊说,"一盏小小的灯笼,一盏大点儿的灯笼。"

"可是,还是不够大。"小小熊说,"光亮外面,还是有好多好多黑！"

大大熊想了想，转身又慢腾腾地走到壁橱那儿，拿出了最大的一盏大大的灯笼。他把大大的灯笼点亮了，挂在小熊上方熊熊洞的天花板上。

他很满意地轻轻拍了拍手，对小小熊说："这下你不会再害怕了吧？这可是最大最大的大灯笼。"

"谢谢你，大大熊。"小小熊说。

现在，他又躺进了被窝里，睁着眼睛，看着大大的灯笼的影子在轻轻晃动。

"这下好了！美美地睡吧，小小熊。"大大熊又慢慢走回壁炉旁，坐在熊熊椅上，映着火光，接着看他的熊熊书。

小小熊试了又试，却还是睡不着。他悄悄地钻出被窝，又开始玩翻跟斗，还把布娃娃丢来丢去。

"还是睡不着吗，小小熊？"大大熊放下书，走过来。

"我怕，我还是不喜欢这么黑。"小小熊说。

"可我已经把最大的灯笼都拿来了，整个洞里亮堂堂的，还有哪里黑呀？"大大熊问。

"外面。"小熊指着熊熊洞的外面。

大大熊望望洞外，没错，那里真的黑咕隆咚，一片漆黑。这可怎么办呢？就是把世界上所有的灯笼都点亮，也照不亮整个夜晚的黑暗啊！

大大熊静静地想了一小会儿，然后说："我们走，小小熊。"

"去哪儿呀?"小小熊问。

"去外头!"大大熊说。

"那黑咕隆咚的外头吗?"小小熊问。

"是的。"大大熊说。

"可是,我很怕黑!"小小熊摇摇头。

"这回,你不会再怕的。"大大熊说着,轻轻拉着小小熊的手,和他一起走向洞外。

呀,黑漆漆的夜晚,外面可真黑。

"呜呜呜——我真的好怕怕!"小小熊把身体紧紧地靠向大大熊。

大大熊抱起小小熊,把他搂在怀里说:"看着那片黑暗,小小熊。"

小小熊躲在大大熊怀里,听话地看着。黑暗渐渐地淡了,远处,一轮大大的圆月慢慢地升起来了。

"我把明晃晃的月亮给你拿来了,小小熊。"大大熊搂着怀里的小小熊说,"明月亮,黄澄澄,你看,天空中还有许多小星星,在调皮地眨眼睛呢!"

可是,小小熊不再说话了,因为他已经睡着了。美美地,暖暖地,在大大熊的怀抱里睡着了。

大大熊抱着熟睡的小小熊,慢慢地走进他们的熊熊洞。他在壁炉边的熊熊椅上舒舒服服地坐下来,一只手搂着小小熊,一只手拿起他的熊熊书,借着火光,津津有味地读起来。

直到读完最后一页，小小熊依偎在大大熊的怀里，大大熊抱着小小熊，他们都美美地睡着了。

阅读感悟：
　　你身边有大大熊这样的好朋友吗？你们之间发生过怎样的故事呢？

　　如果可以选择，你希望你是故事里的小小熊还是大大熊？

第十二只枯叶蝶

王一梅 / 著

导读：
　　天气渐渐冷了，枯叶蝶要躲到树叶中过冬，可第十二只枯叶蝶却迟迟不肯落下，她究竟准备干什么呢？

　　有十二只枯叶蝶静悄悄地住在一棵树上，她们枯黄的外衣就像秋天的树叶，连住在树上的乌鸦也不知道树上还住着枯叶蝶，还以为那是些剩下的树叶。

　　乌鸦站在树枝上数着"剩下的树叶"："一片、两片、三片……"乌鸦数困了，就睡着了。

　　枯叶蝶开始商量："天已经很冷了，明天，我们要像树叶一样飘落到地面，然后找地方藏起来。"

　　第二天，十一只枯叶蝶已经躺在树底下的落叶中了，就剩下第十二只枯叶蝶还留在最高的树枝上，她动作最慢。

乌鸦一觉醒来，看见树上只剩下一片树叶了，叹了口气说："啊，就剩下你了。你是留下来陪我的吧？"

十一只枯叶蝶焦急地在落叶中向第十二只枯叶蝶眨着眼睛，晃动着触须，她们在催促她快快离开树枝，来到伙伴们中间。第十二只枯叶蝶没有动，她对伙伴们说："乌鸦邀请了我，我就留下来做一片不会飘落的树叶吧。"

伙伴们只好都藏起来过冬了。

夜晚，月亮挂在树梢，枯叶蝶像树叶一样在风里簌簌发抖，她从最高的树枝挪到了最低的树枝上，那儿的风小一些。

乌鸦看不见树顶的叶片了，很失望。他独自讲起了自己的故事："去年冬天，光秃秃的树杈上就剩下一个鸟窝，鸟窝里就住着一只乌鸦，对着冷冷的月亮，乌鸦觉得好寂寞。那只乌鸦就是我。"

枯叶蝶听着乌鸦的故事，悄悄飞到乌鸦眼前的树枝上。

乌鸦张大了黑豆一样的眼睛说："呵！你就是树顶的枯树叶。一定是你太顽皮了，从树顶跌到这里来了。"

夜晚，刮起了大风，乌鸦在暖和的窝里，惦记着外面的"枯树叶"，他说："枯树叶，枯树叶，你会走吗？你到我的窝里来吧。"

枯叶蝶像树叶一样飘进了乌鸦的窝里。

乌鸦惊奇地发现，这片枯叶，原来是美丽的蝴蝶，她枯叶一样的翅膀打开后就像花儿一样鲜艳、美丽。乌鸦用温暖的翅膀替她挡风。

在这个刮风的日子里,第十二只枯叶蝶惦记起自己的同伴,不过,留下来和乌鸦做朋友,枯叶蝶永远也不会后悔。

阅读感悟:

是不是被第十二只枯叶蝶打动了?她为了陪伴乌鸦竟然不畏寒冷,乌鸦最终发现她是一只美丽的蝴蝶,张开了温暖的翅膀为她挡风,这才叫友谊。

惊喜

（美）阿诺德·洛贝尔 / 著
党英台 / 译

导读：
秋风刮过，树上的叶子落得满地都是，青蛙和蟾蜍这对好朋友坐不住了，他们悄悄地走出家门，会给对方一个怎样的惊喜呢？

十月了。树上的叶子纷纷落下，落得满地都是。

青蛙说："我要到蟾蜍家去，帮他把草地上的叶子扫干净，给蟾蜍一个惊喜。"

蟾蜍望望窗外，说："这些凌乱的叶子把什么都盖住了。"他从放杂物的柜子里拿出一把耙子。"我要到青蛙家跑一趟，把他家的叶子扫光。青蛙一定会很高兴的。"

青蛙从树林里跑过去，这样蟾蜍才不会看见他。

蟾蜍从深深的荒草丛里跑过去，这样青蛙才不会看见他。

青蛙到了蟾蜍的家。他从窗户往屋里看了看。"正好，"青蛙说，"蟾蜍不在家。他绝对想不到是我把他家的叶子扫光了。"

蟾蜍来到青蛙的家。他从窗户往屋里看了看。"正好，"蟾蜍说，"青蛙不在家。他绝对想不到是我把他家的叶子扫光了。"

青蛙努力地扫啊扫，他把叶子扫成一堆，不一会儿，蟾蜍家的草地就干净了。青蛙拿起他的耙子，走回家去。

蟾蜍拿着耙子辛苦地扫来扫去，他把叶子扫成一堆，不一会儿，青蛙的前院连一片叶子也没有了。蟾蜍拿着他的耙子，走回家去。

一阵风吹来，吹过了这片土地，把青蛙帮蟾蜍扫好的叶子吹得到处都是，也把蟾蜍帮青蛙扫好的叶子吹得到处都是。

青蛙回到了家，他说："明天我也该把自己家草地上的叶子扫一扫了。蟾蜍看见他家的叶子已经扫干净，不知道会多么惊喜呢！"

蟾蜍回到了家，他说："明天我得干点活儿，把自家的叶子清扫一下，青蛙看见他家的叶子扫干净了，不知道会多么惊喜呢！"

当天晚上，青蛙和蟾蜍都很快乐。他们各自关了灯，上床睡觉了。

阅读感悟：

各自关灯睡觉的青蛙和蟾蜍，心里一定充满了幸福，尽管他们的努力都被秋风破坏了。能遇到这样时时为对方着想的朋友，才是生活中最大的惊喜。他们的故事还在继续，感兴趣的话不妨读读《青蛙和蟾蜍》系列丛书。

风筝

洪志明 / 著

导读：
如果风筝会表达，它会说些什么呢？让我们一起来看看阿明、阿善、阿立、阿忠在用风筝说什么！

　　看到阿明、阿善、阿立、阿忠四个人拿着风筝的背影，消失在常常放风筝的小山上，他心里有一点点说不出的难过。

　　一个学期以来，他寄住在舅舅家，和他们四个人混得比亲兄弟还要熟，每天一起读书，一起玩，一起到小山上放风筝，几乎没有一天不聚在一起。

　　现在爸爸跑船回来了，他要回自己的家，和爸爸住在一起，虽然很高兴，可是一想到要和他们拆伙，心里就有些酸酸的痛苦。

　　他相信无论如何他们一定会来送他的，所以请妈妈先走，他一个人在舅舅家里等，没想到等了很久还是没看到他们的人影。更没想到他们竟还有心情跑到山上放风筝。他含着眼泪，沿着山下的小路往前走，强迫自己尽量不要往小山上看。

"阿万——"忽然他听到背后呼叫的声音。他转头一看，只见他们四个人站在小山上跟他挥手，四只风筝在他们身后，高高地升起。风筝上面写着四个斗大的字——阿万再见。

阿善从后面跑过来，跑得气喘吁吁地说："我们把风筝系在高高的树上，要让你走很远了，还看得见。"

"好——好——保——重！"

他紧紧地握着四个人的手，哽咽得说不出话来。

阿万万万没想到大家会用这种方法来跟自己道别。

走了很远了，风筝还在天上飘着。

他频频地回头，看那高高飞起的风筝，泪水沿着脸颊往下滑落，模糊了风筝上的字迹。

泪眼中，四只风筝变成四张友善的脸，在空中飘着。

阅读感悟：
　　风筝是故事中不可或缺的意象，它像一条纽带将五个好朋友紧紧地连在一起。相聚时，风筝是玩具，给他们带来了欢乐的时光；分别时，风筝是信使，将友善的信息传递得很远很远……无论阿万走到哪里，都一定会牢牢牵着这个象征友谊的风筝。

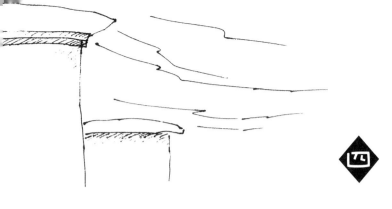

小狗和小鸭子

　　自然界的飞禽走兽、花鸟虫鱼，总是以它们独特的方式在跟我们说话。

　　它们也许弱小，但它们的语言又无疑是丰富的；它们也许简单，但它们的行动有时候却义无反顾。它们吸引着我们的眼球，更震撼着我们的心灵。

　　走近它们，聆听它们，了解它们的喜怒哀乐，让自己的心变得柔软起来，变得温和起来，变得善良起来。

　　尊重它们，保护它们，做它们的好朋友，与它们共同创造和谐美好的世界，这是我们的愿望，也是我们每一个人的责任。

十二只小狗的命运

费正平 / 编译

导读：
　　亲爱的孩子，现在派给你一个任务：请你为十二只小狗找新家，你会把它们交给怎样的主人呢？它们的命运又会怎样呢？

　　姆林先生家的母狗，生了十二只小狗。姆林先生忙不过来，要把小狗送掉。不过，他一定要替每一只小狗都找到一个好的主人。第二天一早，他把十二只小狗通通装进一只大布袋里，背进城去了。

　　一到城里的市场，他就放下布口袋，开始扯开嗓子喊："小狗，谁要小狗？不要钱白送的小狗啊！"

　　"我要一只小狗！"

　　姆林先生一看这是一个农民，便问："你要小狗做什么？"

　　农民说："我教它帮我看牛群。"姆林先生点点头，就让他领走了第一只。

农民刚走,一位魔术师走过来说:"我要两只,我要教它们在台上耍把戏!"

姆林先生一听,笑了,就挑了两只最好看的小狗给魔术师。这时,一位盲人听见了姆林先生的叫喊,走过来说:"给我一只小狗,我要把它训练成一个好的向导,以后我牵着它上街,走路就方便了!"

姆林先生当然很愿意帮他的忙,也给了他一只。

过了一会儿,走来一位太太。太太说:"让我也带走一只吧!我要把它打扮起来,戴上时髦的帽子,穿上漂亮的衣服和小皮靴。"

"哦,那太好了!"姆林先生非常高兴。经过挑选,这位太太也称心如意地抱着一只小狗走了。

不一会儿,又来了一个消防队员,他也要了一只小狗。他说:"这只狗可以和我一起乘消防车去见见世面。"

这当然也是个好主人,姆林先生答应了。这时候,姆林先生的布袋里还剩下六只小狗。

下午,远远地走来一位女警察。她自己动手,抱起了一只小黑狗,高兴地说:"这只狗以后可以帮助我抓坏蛋。"姆林先生当然很乐意让她当小黑狗的主人。

又过了一会儿,又来了一位太太。她的耳朵有点聋,所以,她大声向姆林先生解释说:"我要一只小狗!有了小狗,以后有人敲我家的门,我要是听不见,小狗就会告诉我了。"

姆林先生也大声说:"好的,拿去吧!"

接着,有位杂货店的老板走来,抱起一只小狗对姆林先生说:"往后我要它帮我看守铺子里的奶酪,不让老鼠偷吃。"说完,他就抱走了这个"小卫士"。

姆林先生第三次装烟斗的时候,来了一位驯狗人。他也领走了一只小狗,并且自信地说,他要好好训练它,然后参加比赛,它一定会得到很多奖牌和奖品的。

驯狗人走后,又来了一个猎人。他要一只小狗是为了将来小狗能跟他一起去打猎。那时,这只小狗一定会成为他的好帮手的。

天色渐渐暗下来了,路上的行人开始稀少起来。这时,姆林先生的布口袋里还剩下一只小狗。姆林先生叹了口气,说:"可怜的小家伙,看来你是没人要了。"

正在这个时候,有一个小男孩经过这里,一眼看见了小狗,十分高兴地说:"先生,把这只小狗给我吧!"

姆林先生问:"你要小狗做什么?"

孩子说:"我要和它一起吃、一起睡,做它的好朋友!"

"啊,感谢上帝!"姆林先生舒了一口气说,"我看这只小狗才是最最幸运的呢!"说完,他把小狗交到孩子手上,把空布袋搭在肩上,哼着小曲儿,满意地回家去了。

阅读感悟：
　　前面十一只小狗的命运似乎都不错，它们都有了自己的工作：帮农民看管牛群，跟消防员见世面，助女警察抓坏蛋……可是故事到这里暂停了，还有第十二只小狗没人要呢。就在我们为它担心的时候，却有了我们意想不到的结尾：小男孩却说"我要和它一起吃、一起睡，做它的好朋友"。在小男孩眼里，小狗不是玩物、不是工具，是一个平等的生命，是朋友。

我家的小狗

（捷克）博·西哈 / 著
刘星灿 / 译

导读：
　　几乎所有的小朋友都喜欢小动物，尤其是喜欢小狗。小狗喜欢做些什么？又喜欢想些什么呢？让我们来读一读这篇关于小狗的短文吧。

　　我家养着好些动物。爸爸说，这能给我们全家带来欢乐。你们想认识它们吗？我挨个儿给你们介绍吧！

　　先得好好写写我们家的小狗，它叫王子，是我们全村里长得最花、毛色最漂亮的一只狗，它像个淘气的男孩，什么都会，它尤其跑得快，我总也追不上它。不过王子很乖，它总是等着我。

　　王子还会笑，我可从来没见它哭过。我教过它认字，可是它连一个字母也没学会，不过它倒是挺爱上课的。我教它念"狗"字的时候,它叫得最欢。它准是在想,这就是它自己呀!王子还会数数儿,不过总共才会数到二。

它还特会哼哼和汪汪叫。

"你要干什么?"当它在我面前哼哼时,我问它。

王子"汪"叫一声,晃一晃脑袋,表示想要出去。

"现在还想干什么?"当我们走出院子时,我接着问它。

王子又"汪"叫一声,朝铁路那边跑去。

"你该一次说完呀!"我一边生气一边跟在它后面跑着,因为我也想去那边。我甚至知道王子想去那儿干什么,它喜欢同火车赛跑,每次都是它输,可它从不在乎。每当新开来一列火车,王子又以为能跑赢它。等到跑不动了,它便"汪汪"叫上几声。不知它是允许火车开走呢,还是骂了火车一顿,这我怎么也分辨不清。

阅读感悟:

这则短文选自捷克儿童文学作家博·西哈的《我家的小小动物园》。与通常以小狗为主角的故事不同,文中的"我"和小狗之间并没有发生什么引人入胜的故事。可我们仍然会非常喜欢这篇短文,因为短文用简单、朴素的语言,写出了非常可贵的孩子气。你养过小狗吗,你家的小狗又是怎样的呢?请用这样简单而富于童真的句子,也来写一写吧!

孩子们和野鸭子

（俄）普里什文 / 著
韦 苇 / 译

导读：
　　亲爱的孩子们，你们曾经跟路边的小鸟问过好吗？你曾经为路边迷路的小猫找过家吗？你曾经看到过脱下帽子跟小鸭子说再见的人吗？这里就有。

　　一只矮小的母野鸭终于拿定主意，把自己的小鸭子们从林子里带出来。春天，湖水涨起来，涨得四周的斜坡地都被淹上了，野鸭子们原来做窝的地方都泡了水，于是不得不远远地走四公里路，到沼泽林间的小土墩上去做窝栖身。现在，水退了，它们又远远地走上四公里，绕过村庄，下到湖里来。这湖，才是它们的自由天地啊！
　　母野鸭时时刻刻护着它的小鸭子，只要人、狐狸、老鹰容易看到它们的地方，它总是走在小鸭子的后面。它们不得不穿过一条横在它们面前的大路时，不用说，母鸭得让小鸭子跑在前面，自己好在后面照管它们，以便让它们安全地穿过大路。

就在这时，野鸭子们让一群村童发现了。他们摘下帽子来扑罩野鸭。这下，鸭妈妈可慌了，它张开它的阔嘴巴，紧张地跟在小鸭子后面跑；它张开翅膀在近处飞，一会儿飞到这边，一会儿飞到那边，不知道怎样去把自己的小鸭子夺回来。孩子们正在扔帽子扑罩大鸭子和小鸭子，想要捉住它们的时候，我走到了。

"你们抓小野鸭做什么？"我声色严厉地问。

他们停住了手，低声回答说："我们会放掉它们的。"

"既然要'放掉'，"我十分生气地说，"那干吗抓它们？这会儿母野鸭在哪儿？"

"在那边蹲着哩！"孩子们七嘴八舌地回答说。

我顺着他们指的方向看，在不远处的一个小土丘上，母野鸭真的蹲在那儿，紧张地张开嘴，注视着。

"快！"我命令孩子们，"快把小鸭子统统还给它们的妈妈！"

他们好像很不乐意按我的命令去做。不过他们还是抱着小鸭子，跑上了小土丘，放下了小鸭子。母野鸭飞着后退了几步，可孩子们一回身走开，它就赶快飞跑过去救护自己的儿女了。它对自己的孩子用鸭话很快地说了几句，就跑进燕麦地里去了。跟着它跑进燕麦地的有五只小鸭子。野鸭子一家就这样沿着燕麦地绕过村庄,继续下坡往湖里走。

我欣慰地摘下帽子,向野鸭子一家挥动着,边挥动边大声说:

"小鸭子们,祝你们一路平安!"

孩子们看着我的举动,听着我说的话,都叽里呱啦笑话我。

"小蠢货,你们笑什么?"我没好声气地说,"你们想,它们走这么远的路,从那边高墩子上下到湖这里来,容易吗?马上给我摘下帽子,对鸭子们说'再见'!"

孩子们在路上扑罩小鸭子时弄得脏兮兮的帽子,这下全都举到了头上,并且同声叫道:"小鸭子们,再见!"

阅读感悟:

读了这篇文章,在你的眼里,一片树叶,一朵雪花,一只小鸟,是不是有了不同的含义呢?是呀,小野鸭子跟我们一样具备生命的神奇。在很多处的细节描写里,普里什文就是鸭子妈妈,就是大自然的保护神,他急鸭子妈妈之所急,他理解野鸭们长途跋涉的不容易。他告诉我们:仅仅有爱是不够的,还得向它们这样不畏艰险的壮举致敬,这是对生命的敬畏。

给小鸭让路

(美)麦克罗斯基/著
韦苇/译

导读：
杰克、卡克、拉克、马克、奈克、威克、帕克、夸克，这是谁的名字呢？更有趣的是在它们过马路的时候，警察局派一辆警车和四名警察为它们指挥交通。它们排着整齐的队伍"浩浩荡荡"通过了马路，走进公园大门后，又围成半个圆做什么呢？

鸭先生和鸭太太为找一个孵小鸭的好地方，已经飞很久了。他们为自己未来的孩子想得很多，所以总觉得这儿那儿都不合适，于是总也落不下脚来。

他们飞到波士顿城，就再也飞不动了。在波士顿，他们倒是觉得公园是他们落脚的好地方：那里有池塘，池塘里有小岛。"这儿过夜挺不错的。"鸭先生拿定了主意。于是，他们哗啦啦拍扇翅膀，向小岛飞去。

突然，呼噜噜斜刺里飞出一辆自行车来。鸭太太不由得猛一战栗。"这儿可不是孩子们待的地方,咱们另找地方吧！"

他们于是又飞起来，飞过一座山，绕过议会大厦，又到广场看了看。广场倒是还行,就是没有游泳的地方。不一会儿，他们飞到了一条河的上空，下面出现了一个小岛。"这儿好。"鸭先生说，"这儿安静，离广场也只一小段路。"

"得，就在这儿找个孵小鸭的地方吧！"鸭太太说。

他们在近处矮树林里找了个又挨水又背风的地方，安下了家。

一天，他们游到河对岸公园里，在那里，他们碰上了一个叫米歇尔的警察。米歇尔给他们吃花生米。从此他们常常到米歇尔那里去。

不久，鸭太太生了八个蛋，并开始孵蛋。她耐心地在八个蛋上蹲了许多天。终于，小鸭子出来了。最先出来的是杰克，接着是卡克、拉克、马克、奈克、威克、帕克和夸克。鸭先生和鸭太太看到自己有这么棒的一群孩子，感到很了不起。

一天，鸭先生决定到河对岸公园去看看，那是米歇尔给他们吃花生米的公园，一定会比这更好。出发前，他对鸭太太说："过一个星期，我在公园等你们。你可要照顾好咱们的孩子！"

"你放心去吧。"鸭太太说,"我知道怎样把孩子一个不少地带到你那儿去。"

她开始教小鸭游水、扎猛子。她教他们走路要排成一条直线,要同自行车和各种有轮子的东西保持一个安全的距离。

最后,她觉得把自己的孩子训练得差不多了,于是,一天早上,她说:"孩子们,过来,跟我走!"

八只棒棒的小鸭子,像平常妈妈教他们的样子,排成长长的一排。鸭太太率先跳进河里,小鸭子们纷纷跟着妈妈下水,游到对岸去。

他们游到对岸以后,就摇摇摆摆来到快速公路上。

鸭太太走在前面,快步穿过十字路口。

高速公路上飞驰的汽车"嘀——嘀——嘀"叫个不停。鸭太太带领孩子叫,大喉咙小喉咙一齐"嘎——嘎——嘎",对着汽车也叫个不停。

嘀——嘀——嘀,嘀——嘀——嘀!

嘎——嘎——嘎,嘎——嘎——嘎!

吵闹声把警察米歇尔给引了过来,他边跑边吹警哨,又站在路中间,举起一只手,让行人和汽车全停下来,接着用另一只手招呼鸭妈妈带着孩子们穿过公路。

不一会儿,鸭子们都穿过了公路。米歇尔又快快赶回他的警亭,给交警总队挂电话,说:"有一家鸭子,大大小小九口,正往大街走去!"

总部的警察一下子弄糊涂了,直问:"一家什么?"

"一家鸭子!"米歇尔大声说。"赶快派警车来,要快!"

这时,鸭太太已经来到一家书店,再拐弯就上大街了。鸭太太的后面一顺溜跟着她的宝贝孩子杰克、卡克、拉克、马克、奈克、威克、帕克和夸克。

街上行走的人们一个个都看呆了,一位老太太喃喃地说:"这可是一辈子没见过的!"一个扫街的男人说:"噢,排得真整齐!"鸭太太听到这些赞扬,感到非常自豪,高高地抬起头,于是走起路来更加摇摆了。

当他们来到另一条大街的拐角处,那里已经停着总部派来的一辆警车和四名警察。警察举手挡住了行人和车辆,让鸭太太带着小鸭子们顺利通过十字路口,再从那里进到公园里去。

他们走进公园大门以后,又全部转过身子,围成一个半圆,向警察表示感谢。警察们笑了,挥手向鸭子一家告别:"再见!"

阅读感悟：

　　这是一本至今畅销不衰的图画故事书，是一本慈祥、可爱和幽默的书。故事中有很多温情脉脉的场景的描写，鸭妈妈教小鸭子游水、扎猛子，过马路时排成一条长长的直线，警察米歇尔手忙脚乱指挥交通，过马路后鸭子们围成半圆向警察表示感谢……仔细读一读，你一定会体会到的。

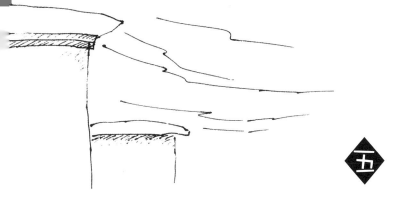

五 神奇的故事

"很久很久以前……"故事时间到了!同学们,快打开神奇的故事口袋,让一个个民间故事、神话故事、历史故事……满足你的小耳朵吧!

田螺姑娘

唐代传奇

导读：
中国的民间故事有很多很多，我们的爷爷奶奶听过，爸爸妈妈也听过，现在，让我们也来听听吧！

从前，江苏常州有个叫吴堪的人，从小失去父母，又无兄弟，孤身一人也没成亲，在县衙做个小官。

吴堪知书达礼，家住荆溪旁。他常用东西盖住家门前的溪水，使得溪水十分洁净。而且他每次从县衙办完公事回家，都在溪边观赏一阵子，对溪水又敬又爱。一天，他在水边看到一只白色的田螺，十分可爱，便拾回家，养在水缸里。

第二天，他从县衙回家，见桌上已摆好饭菜，就饱餐一顿。这样一连过了十多天。他以为是邻居老妈妈可怜他孤身一人，为他烧好饭菜的，就跑去拜谢。老妈妈说："没有哇。这些天我一直看到一个十八九岁的姑娘，端庄美丽，勤劳贤惠，为你烧菜做饭，我还想问你她是谁呢！"

第二天，吴堪假装去县衙，人却躲在邻居老妈妈家里。透过门缝，他看到有个女子从他屋里走出来，到厨房里淘米做饭。吴堪急忙从外面闯进屋子，把那女子拦在屋内。

吴堪十分恭敬地拜谢她。女子说："我是田螺姑娘。上天知道您爱护溪水，可怜您孤身一人，特命我和您结为夫妻。"吴堪听了很高兴，从此两人互敬互爱，生活得很幸福。

但天有不测风云，吴堪的妻子美若天仙，连县令都听说了。为了霸占吴堪的妻子，县令便整天找吴堪的碴儿。一天，县令把吴堪叫来，对他说："你办事老练，能力又强。现在我需要蛤蟆毛和鬼臂这两样东西，晚上坐堂时就用，你要准时交上来，否则治你的罪。"

吴堪只得答应下来，愁容满面地回了家。妻子问清事由，笑着说："别急，我这就去拿这两样东西。"不一会儿，妻子将两样东西拿来了，吴堪才舒了一口气。

县令看此计不行，又生一计，几天后又叫来吴堪："我要蜗斗一枚，你快快找到，不然大祸临头。"吴堪慌忙奔回家，妻子一听，说："我家就有这东西，取来不难。"说着，出去牵来一只怪兽，大小形状像一只狗。吴堪半信半疑，妻子说："它是一种奇兽，能吞火，拉火粪。你快快送去。"

县令一见怪兽，大怒："我要的是蜗斗，不是狗！"吴堪忙回复："大人，它确实是蜗斗，能食火，还能拉出火粪。"

县令马上命人点着炭火,让怪兽吃。怪兽一口吞下火,随后拉出的粪也是火。

县令见此情形,一拍惊堂木:"这样的东西有什么用?"他命人灭火扫粪,还要治吴堪的罪。吴堪忍无可忍,拉过旁边的帐幔往火粪中一燃,轰的一声大火腾空而起,把县衙的墙壁、屋顶全烧着了,浓烟滚滚不息。

县令最后被烧成了黑炭,而吴堪和他的妻子呢,已不知去向。

阅读感悟:

关于田螺姑娘的民间故事很多,故事情节也差别很大。这篇故事,是根据唐代一位姓皇甫的人写的传奇故事《吴堪》改写的。可见,田螺姑娘的故事在唐朝就已经开始流传。古诗中,善良的吴堪爱溪水,上天送给他一个美丽能干的田螺姑娘;而黑心肠的县令太贪心,结果被烧成了黑炭。像这样好人受到保护、坏人遭到惩罚的结局,是民间故事非常喜欢采用的,寄托了劳动人民美好的愿望。

夸父逐日

古代神话

导读：

"我有一个美丽的愿望，长大以后能播种太阳……"很久以前，有一个人也想让人们不分白天黑夜都能见到太阳，他就是夸父。夸父要去追太阳，把太阳搬到地上来，他能实现自己的梦想吗？

很久以前，有个长得又高又大的巨人，名字叫夸父。他坐地上就像一座高山。站起来呀，脑袋就碰到天上的云啦。

夸父是个好心人。他看到太阳每天早上从东边升起，傍晚从西边落下，夜里人们什么也看不见，就打定主意，要把太阳搬到地上来，让地上的人们不分白天和黑夜，都能晒到太阳，得到亮光。

夸父说干就干，这天一早，他就开始追赶太阳。他跑呀，奔呀，追呀，一直追到太阳下山。眼看就要抱住太阳了，他加快脚步扑上去。可太阳像个大火球，呼啦啦地喷着火，把夸父烤得口干舌燥。他就转身跑到黄河边，弯下腰，"咕嘟，咕嘟"地大口喝水。没几口，黄河里的水被他喝光了。夸父还是口渴，他又跑到渭河边，"咕嘟，咕嘟"没几口，又把渭河的水喝光了。

夸父喝了这么多水，还是口渴得难受。他就转身朝北去找水喝。他越跑越慢，渐渐地停下来，身子晃了晃，"轰隆"一声，倒在地上。夸父渴死了。

夸父手里有根手杖，一下子掉到地上。一会儿，这根手杖生了根；再过了一会儿，手杖发了芽，抽了枝，长成了一棵桃树。后来，这地方长出一棵又一棵桃树，结出一颗又一颗的大桃子。要是谁走路口渴了，摘几个桃子吃吃，就不渴了。人们都说，这些桃树是夸父留给热爱光明、勤劳勇敢的后代的。

阅读感悟：

　　这则故事是根据中国古书《山海经》《列子》中的材料改写的。夸父多么神奇呀，他"神"在哪呢？有人说，夸父逐日的行为是盲目的，也是愚蠢的，你同意这种看法吗？为什么？中国的神话故事有很多很多，你喜欢这些故事吗？

赵廓学变身

古代神话

导读：
　　赵廓向吴老先生学变身，他学了三年，觉得已经不错了，便急着要回家。在回家的路上，他会遇到什么事情呢？

　　我国古代有个叫赵廓的小伙子，他向吴老先生学"变变变"。就是想把自己变成什么动物就变成什么动物。赵廓学了三年，觉得吴老先生的本事已经学到手了，便急着要回家，不肯再学了。

　　回家的路上，赵廓只见到处田荒屋破，那是个兵荒马乱的动荡年月，处处都不安宁。

　　赵廓走着走着，前边来了几个士兵，硬说他是强盗，要捉拿他。士兵们想：抓住一个强盗送到皇帝那儿，就能得赏。赵廓当然不是强盗，但是跟这些兵能说得清吗，所以他立刻拿定主意逃跑。

跑了一程又一程，他跑得气接不上来，气喘不过来，觉得再跑下去，就要断气了。他想他不能再跑了，可皇帝的兵还在飞快地向他追来，眼看马上就要追上了。他一急，忽然想起他会变身。说变就变——他变成了一只鹿，动物中就数鹿跑得快。

士兵们不知他会变身，但是前面有只鹿，也怪好玩的，而且鹿角是很贵重的东西呀，于是拼命向鹿追去。鹿跑着跑着，也没有力气了。

赵廓想："我变成一只大老虎吧，大老虎能吃人，士兵们就不敢再追了。"赵廓这样想着，马上变成了一只老虎。

士兵们手里有大刀长矛，不怕老虎；并且想到这老虎要是抓住了，打死了，一张虎皮能值很多很多钱，虎骨还能做药，就又不停地追老虎。

老虎跑了许多路，也跑得没有力气了。赵廓急了，又想："我变成一只小不点老鼠，老鼠有洞就能钻进去，士兵们就抓不着了。"

说变就变，赵廓马上变成了一只小不点的老鼠，士兵们这回有了经验，他们看出来了，他们追着的人会变身。他们知道老鼠是人变的，便围了上去，要抓老鼠。

老鼠东逃西窜，最后还是被一个士兵一脚踩住了尾巴。

老鼠吱吱尖叫起来。

士兵们揪住老鼠的脖子，说："这老鼠反正也是强盗变的，咱们拿到皇帝那儿，照样能领到赏。"就揪着老鼠往皇宫方向走去。

这事很快就让吴老先生知道了。他不能眼看着自己的徒弟有难不救，于是，马上变成一只大老鹰，飞到士兵们的头上。士兵们还来不及弯弓射老鹰，老鹰已经低头呼一下冲到地面，把士兵手里揪着的老鼠抓上了天空。

老鹰飞到高高的山顶上，就现出了吴老先生的原形，老鼠也就变成了赵廓。

小伙子赶紧扑通一下跪在地上，说："多谢师傅救了徒弟一命！我愿意在师傅手下多学些本领！"

阅读感悟：

好险呀，赵廓一连变了三次，都没逃出士兵们的手心，幸好师傅变成老鹰来救了他。在替赵廓松口气的同时，你是不是有什么话要对他说呢？这则故事是根据西汉刘向《列仙传》中的《赵廓》改写的。《列仙传》中记载了许多有趣的神话故事和传说，喜欢的话，可以找来看看。

晏子使楚

历史故事
刘耀林/改写

导读：
　　晏子代表齐王出使楚国，楚王想要借侮辱晏子，来侮辱齐国。因此，晏子的一言一行，都关系到齐国的尊严。让我们跟随齐国大夫晏子一起出使楚国，去见识一下晏子的聪明才智吧。

　　春秋时候，齐国的宰相晏子，身材生得很是矮小。有一次，他出使到楚国去。傲慢的楚王听到了这个消息，对左右的臣子说："听说晏婴是个很有才能的人，今天我非得羞辱他一下不可。"

　　于是叫人特意在大门旁边造了一扇小门，一见晏子来到，就叫他从小门里进来。可是晏子却自顾自大摇大摆地从大门里进去，一边还微笑着对前来迎接的官员说："按规矩，出使到狗国去的人，是要从狗门进去的，现在我出使到楚国，怎么可以从狗门走呢？"

楚王碰了个软钉子，还是不肯罢休，就想方设法要在接见时取笑他一番。

晏子刚刚坐定，楚王就劈头盖脸就问晏子："难道齐国没有人了吗？"

晏子坦然地回答说："我们齐国的京城临淄有三百条街，人们一张开衣袖，就可以把太阳遮住；挥一下汗水，就会下起一场倾盆大雨；走起路来都要摩肩接踵的，怎能说齐国没有人呢？"

楚王又问："那又为什么派你来做使臣呢？"

晏子知道楚王看不起他，就客气地回答道："我们齐国派遣使臣有不同的标准：好的使者，便派他出使到好的国王那里去；不好的使者，就派他出使到不好的国王那里去。我晏婴是一个最没有用的人，所以奉命出使到贵国来呀！"

楚王听了气得好久说不出话来，只得回转头去轻轻地对左右的臣子说："晏子这个人实在厉害啊，我们一定要想出一个非常巧妙的法子，来把他和齐国都侮辱一番！"

隔了一会儿，有个人被捆绑起来从楚王面前走过。楚王假装吃惊的样子问道："这是个什么人？"

左右的臣子回答说："是个齐国人。"

"犯了什么罪？"

"犯了盗窃罪，非要惩办不可！"

楚王冷笑着对晏子说:"齐国人倒很会做强盗啊!"

晏子离开座位,不紧不慢地回答说:"我晏婴听人家说,橘树生长在淮河以南,结的橘子味道很甜。我们齐王派人把橘树移植到淮河以北来,谁知道橘树竟变成了枳树,那枳子又苦又涩。它们的叶子形状虽然相似,可是果实味道却已经完全两样了,这是什么原因呢?大家都说,这是由于水土不同。这个被捆绑着的人,原来住在齐国,不知道偷窃是怎么一回事,根本不会做强盗;可是一到了楚国,他就做强盗了,这难道不是两个国家的风气不同所造成的吗?"

楚王被问得哑口无言,面红耳赤,不得不向晏子谢罪说:"你真是一位贤能的使臣,我要羞辱你,反而自己被羞辱了!"

于是命令左右的人,要好好地接待,不得有丝毫怠慢无礼。

阅读感悟:

晏子使楚的故事,记载于先秦古书《晏子春秋》和西汉刘向编纂的《说苑》中。这篇故事是根据古书中的材料改写的。面对楚王的三次侮辱,晏子针锋相对,巧妙反驳,这样的场面既紧张又精彩。你能否通过朗读来再现当时的情景?别忘了把楚王与晏子等人的动作、神态、说话时的语气通过朗读表现出来。

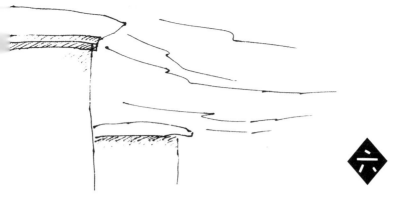

六

校园生活

校园生活充满了精彩的故事：渴望当一回学校的升旗手，在课本上给国王画胡子，上课趁老师不注意偷偷放杉子枪……这些故事里有你的影子吗？

给国王画胡子

（南斯拉夫）布·乔皮奇/著
潘 辛　吴焱煌/译

导读：
　　你有没有在你的课本上画过画？一群一年级的学生正忙着在自己的识字课本上给国王"略作打扮"呢，让我们一起来欣赏他们的杰作吧！

有一天，女教师一本正经地将一本本簇新的识字课本发给我们。

"给，孩子们，这是你们的第一本书，你们将用它来学习，学字母怎样读、怎样写。在第一页上是亚历山大国王陛下的肖像，这幅肖像你们要倍加爱护。"

不用说，我们立刻就翻开第一页想看看国王陛下……这准是一位身强力壮的勇士，至少也得和马尔科或别的英雄人物一样。

我们打开课本一看——怎么？画的竟是一个头发滑溜、戴着夹鼻眼镜、留着小胡子的绅士。

"这是国王吗？"我问杜比纳。

杜比纳不满地撇了撇嘴，说：

"去年在课本上画的也是这位绅士，跟城里来的那位土地测量员像极了。他总是在一把小红伞下测量土地。"

"对极了，跟土地测量员一模一样！"连我的小叔也承认。

"哈，哈，哈！土地测量员国王。"这些一年级学生立刻就给国王取了个外号，这外号来得那样突然，就像它自己从书包里跳出来牢牢粘在他们嘴上，说什么也没法把它揭下来似的。

杜比纳在当天就想出了一个好主意。

"瞧我想出什么来啦，小伙子们！"他抓住一支铅笔，喊道，"把我们的这位国王略作打扮一下吧。"

于是杜比纳扑在长凳上，给亚历山大国王画上了又长又浓的胡须，像马尔科的一般。肖像画好后，他把它高高举起，骄傲地宣称：

"看到啦，变成一个长胡须的人了，看着也叫人心里痛快！"

"我也把我的改动一下！"我想起来了。

"来呀，只是你得给自己那幅画上另外一种胡须，我们比一比，看谁画得好！"

说说容易，可另外一种胡须哪能想得出来。我只得把我那张小画片摆弄来摆弄去，等我想起盖杜克的胡须和我们的烧炉工朱拉奇的那把络腮胡子之后，我立刻就热心地干了起来。转眼间，土地测量员陛下就长出一把络腮胡子，跟民间故事中的强盗一模一样了。

"啊哈，看见了吧，我的这幅有多棒呀！"我拿自己那幅画对杜比纳大吹一通。

我的小叔伊利卡也不甘落后，他替国王画上一绺绕着耳朵的胡子，很像是一个起酥的小面包。此外，他还赏他一个老式烟斗，这烟斗活像汽船的烟囱，还冒出一股黑黑的浓烟呢。

"嘿，这伊利卡可真会动脑筋！"看着小叔的国王，杜比纳赞叹不已，"他把国王打扮得多棒！"

有一个孩子除了替国王画上像猫儿那种翘起的胡子外，还给他添上一顶萨穆尔帽——一种用毛皮镶边的尖顶帽，就像我们古代的统治者和英雄戴的那种。可是透过这尖顶帽却看得见里边的秃顶。这倒无关紧要，这一点我们并不在意，要紧的是对这个少年艺术家的大作做出一个正确的评价。

我们最欣赏另一位同学的艺术品。他在国王头上画了一把土地测量员的粗柄伞，那伞柄是直接插在国王头顶上的。

"我的还要漂亮！"给画像添上伞的那位艺术家颇为骄傲。

可是命运之神慷慨地让我们施展艺术才华的时间并不太长。在分发课本后的两三天，女教师走进教室，对一年级的学生说：

"喂，孩子们，把你们的课本都收拢来，我要检查检查，你们的课本都成了什么样儿了。"

女教师的这一决定，就像是一个晴天霹雳，把我们都吓坏了。

阅读感悟：

一年级的学生为什么要给国王"略作打扮"呢？他们是怎样为国王打扮的？你最欣赏谁的杰作？把那段找出来读一读。

要是你也在场，你一定也想为国王打扮一番吧？快动手画一画，或者学着用打比方的方法把你的想法写出来吧！

优点单

（美）海伦·穆罗丝拉 / 著
韦 苇 / 译

> **导读：**
> 马克十分调皮，经常在课堂上捣乱，而且屡教不改。后来，老师的一个做法改变了他，也影响了全班同学，老师是怎么做的呢？

马克所在的班有 34 个学生，我都很喜欢。而对马克，我印象尤其深刻。

马克长得很帅气，平日里总是乐呵呵的，不过偶尔也闹点恶作剧。他爱在上课时讲话，为此也总免不了挨我批评。每当这时，他就会说："谢谢你惩罚我，姐姐。"姐姐？全班一听马克叫我姐姐，就哄堂大笑起来。不过我听了几遍以后，也就习惯了。

一天早上，马克又在课堂上讲话了。我忍无可忍，于是便犯了刚走上讲坛的教师最容易犯的错误。我瞪着马克，说："要是你再说一个字，我就用胶带纸封上你的嘴！"

过了十来分钟，查克喊起来："马克又讲话了。"我并没有让任何人监视马克，不过既然我当着全班学生的面宣布过，就只好照我曾宣布过的做了。我不慌不忙地拉开抽斗，取出胶带，一声不响地来到马克身边，撕下两条胶带纸，在他嘴上贴了个大大的"×"，然后回到黑板前继续讲我的课。

我注意到马克对着我挤眉弄眼，我扑哧一声笑了出来，全班同学也都跟着哄堂大笑。我走过去撕掉他嘴上的胶带纸，无可奈何地耸了耸肩膀。他第一句话依旧是："谢谢你惩罚我，姐姐。"

后来，我调到高年级去教数学，一晃两年。两年后，马克又坐在我的班上了。不过，这时他已经不像从前那样爱在课堂上讲话了。

一个星期五，课堂上的气氛有些沉闷——学生们有点疲劳了。为了活跃气氛，我让大家拿出纸，将全班同学的名字都写上，在每个名字下面留下一些空白，在空白处写上同学的优点。

课堂气氛顿时活跃起来。

下课铃响了，我让大家把优点单都交上来。马克把优点单交上来的时候，说："很高兴你又成为我的老师，姐姐。

祝你周末愉快！"

　　我回到家里，把大家写的优点都归纳到每个同学的名下。星期一，我将优点单交给每个主人保管。有些同学的优点，譬如马克的优点，竟有满满两页！全班同学都笑了。

　　"真是这样吗？"我听到他们低声说。"我简直没想到会有人欣赏我这一点！""我也没有想到别人会这样喜欢我！"

　　此后，谁也没有再在班上提起过优点单的事。

　　随着时间的推移，这些同学都先后走向社会，他们在我脑海中的印象也渐渐淡去。几年后的一天，我外出度假归来，父母到机场来接我。在回家的路上，父亲突然清了清嗓子，仿佛要同我说一件重要的事情。终于，他开口说道："有一个你过去教过的学生，一个叫马克的学生，他的父母艾克伦夫妇昨晚打电话来。"

　　"是吗？"我急忙说，"我有好些年没有听到他的消息了。马克怎么样？"

　　"马克在一次战斗中牺牲了。明天举行葬礼，他的父母希望你能去参加。"父亲用平缓的语调说。

　　这是一个军人的葬礼。马克躺在那里，年轻的脸庞还是那样帅气，只是比我记忆中的马克要成熟许多。当时，我的脑子里只有一个想法：马克，要是你能再跟我说话，我愿将世界上所有的胶带纸都丢弃。教堂里挤满了马克生前的朋友。

　　大家唱起了《共和国战歌》。

天下着雨。大家好不容易走到墓地。我最后一个走过马克的灵柩。我默默地站在那里，思绪万千。一个抬灵柩的士兵向我走来。

"你是马克的数学老师吗？"他问。

我点了点头，目光依旧凝视着灵柩。

"马克常谈起你。"他说。

葬礼结束以后，马克的大部分同学都去查克的农舍用午餐。马克的父母也在那里，显然，他们是在等我。

"我们想让你看一样东西。"马克的父亲说着，从口袋里掏出一个钱包，"这是马克牺牲后，从他身上找到的。我们想，你或许会认得。"

他小心翼翼地打开钱包，从里面取出两张用胶带贴过的、不知折叠过多少次的破旧纸片。不用看我就知道，那是我写给马克的那份优点单。

"谢谢你这样做。"马克的母亲说，"我想你看得出来，马克十分珍视这件东西。"

这时，马克的同学都围了过来。他们说，他们都一直保存着我给他们的优点单，有的珍藏在抽屉里，有的保存在日记本里，有的竟保存在结婚纪念册里。

这时，我再也控制不住自己，泪水无声地落了下来——为马克，还有那些再也见不到他的同学。

阅读感悟：

是什么使一个原本非常调皮的孩子马克发生了改变，成为一个优秀的军人？是什么影响了全班同学？对，是优点单！优点单为什么会有这么大的影响力呢？

你有没有夸过身边的同学？还犹豫什么，快拿起笔，给你的同学列一张优点单吧！

老师的眼睛是Ｘ光

（日）古田足日 / 著
安伟邦 / 译

> **导读：**
> 　　你有没有过上课时偷看课外书、玩玩具，却很快就被老师发现的经历呢？难道老师的眼睛有Ｘ光，能穿过课桌看到漫画书、玩具？老师真的有这种特异功能吗？让直行带你去解密吧！

　　直行他们把发现的原野起了个名字，叫鼹鼠原野。

　　猫头鹰森林里有猫头鹰，所以叫猫头鹰森林。那么，要是你以为鼹鼠原野里一定有鼹鼠，可就大错特错了。因为直行他们一次也没见过鼹鼠。

　　没有鼹鼠，为什么要起个鼹鼠原野的名字？下面的故事，就要讲讲这个缘故。

那是在鼹鼠原野。不过，还是在没有起名字的时候。

一天上语文课，突然，"砰"的一声，发出挺大的声音，接着："啊！疼，疼啊！"

广子捂住脖子。

正在黑板上写字的洋子老师转回身来，从地板上捡起了淡绿色的杉树种子。

"呀，是谁呢？是谁在上课时间放杉子枪？把教室当成原野了吧？"

大家都静悄悄的。

"放杉子枪的人，都把枪放到桌上吧。藏起来也不行，因为老师的眼睛是X光。"

是真的吗？X光是连衣服、桌面都能透过的光线呢。

刚放过杉子枪的阿昭，身子一阵乱动，偷偷把杉子枪放进背包里。

于是，老师说：

"阿昭，把背包里的杉子枪拿出来。直行，从裤兜里拿出来。"

好厉害的X光！两个人红着脸，把杉子枪放在桌子上。

老师把杉子枪收走了。

不过，放学以后，洋子老师还是把杉子枪还给阿昭和直行，说：

"带到学校来不太好，可是杉子枪好像挺有意思，我也想玩一次。"

回家的路上，阿昭说：

"老师的眼睛，真的是 X 光吗？"

"当然，她看见我们的杉子枪了嘛。"

"可是，没看见我的呀，瞧！"

一雄从运动服的兜里掏出杉子枪，啪啪地打给大家看。

"我藏在课桌的紧里边了。"

"嗯，奇怪。"

大家又弄不清老师的眼睛是不是 X 光了。

这时候，广子笑嘻嘻地说：

"我说呀，这么办，怎么样？"

三个人围着她，听她讲。听完后，三个人精神十足地说：

"好。就这么办吧！"

第二天，洋子老师来到教室一看，讲桌上，放着一个细长的盒子，系着黄色缎带，盒上面写着"石川洋子老师收"。

"咦，这是什么？"

老师解开缎带。教室里的孩子们，都欠起身子，看那个盒子。

老师打开盒子。盒子里，塞满了淡绿色的杉树种子，上面有个小小的白信封，信封上面放着一把绿色的杉子枪。

"漂亮的礼物啊！"

老师拿着杉子枪，高兴地笑了，然后，拆开信封，朗读了那里面的信：

这次星期六，在猫头鹰森林那边的原野，做杉子枪游戏。请来吧！

阿昭、直行、一雄、广子

读完，老师对直行他们说：

"谢谢你们，我去。"

"我也去！"

"我也去！"

其他的孩子七嘴八舌地说，阿昭慌忙说道：

"你们只能看。跟老师玩杉子枪的，是我们！"

星期六下午，猫头鹰森林里，在落了叶子的榉树上，一雄喊道：

"来啦，来啦，老师来啦！"

套着红毛衣、穿着西服裤的洋子老师，在森林边上出现了。

阿昭、直行和广子朝老师跑去，砰砰地放起杉子枪。

"决不认输！"

老师也还击了。

"老师，加油！"

"直行，坚持到底！"

聚集在森林边参观的孩子们喊。

直行他们逃跑了。老师得意地对参观的孩子们说：

"怎么样，还是我打得好吧！"

老师去追直行他们，她的脚踏在枯草上，噗的一声脚陷进地里去了。

"呀，上当啦，是陷阱啊！"

不过，那是很浅的陷阱。老师赶紧从坑里拔出脚，接着向前跑，不料，"噗！"又是陷阱。

"啊，不得了！"

这回，老师往旁边跑。

可是，又有陷阱。这回是挺宽的陷阱，老师的两只脚都陷进去了。

"老师输啦！"

参观的孩子们大笑着。

直行一伙跑过来，在老师面前，竖起一块牌子，是用竹竿夹着图画纸做成的。

"看不出陷阱，老师的眼睛不是 X 光。"

图画纸上，用蓝色万能笔这样写着。

"对呀，对呀，老师的眼睛不是 X 光。"

参观的孩子们直拍手，老师坐在陷阱边上笑了。

"对啦。我上当啦！"

接着，老师佩服地说：

"你们挖得真好，好像鼹鼠似的。"

"打了这么些水泡哪！"

直行他们四个伸开双手给老师看。他们的每只手上，都鼓起两三个水泡。

二年级二班的孩子们，把这原野叫成鼹鼠原野，就是从这时候开始的。现在，全校的孩子们都这样叫了。

阅读感悟：

老师的眼睛是 X 光吗？结合故事，说说你的看法。

直行为什么给那片原野取名为"鼹鼠原野"？你能找出它得名的原因吗？

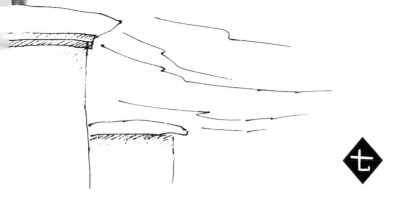

七

感悟生命

生命是神奇的，又是充满了疑问和困惑的。一粒橡子长成了一棵大树，又变成了泥土，它经历了什么？世界刚刚开始的时候，一切都在学着做好自己，该怎样才好？一片叶子落下来，它的一生又经历了怎样的美好？这一切，都会引发你开始对自己的生命进行思考……

一粒橡子的奇遇

（美）约瑟夫·安东尼 / 著
姬 英 / 译

> **导读：**
> 　　亲爱的孩子，一粒种子究竟会经历一个怎样的生命轨迹呢？你能用笔画下来吗？看看你画的图，再读读这个故事，你就能听懂种子萌动、长大和回家的声音了。

破晓的阳光照耀着大森林。

在高高的树顶上，成熟的橡子离开阳光照耀的家园，坠向黑暗的大地。

一粒小橡树子想永远留在阳光下，但是不久它就失去了外荚，也掉了下去。

不一会儿，伴随着"砰"的一声，它掉到了地面上，并一直躺在那里。森林里的地面非常非常黑暗。

在内心深处，橡子知道它必须回到阳光下，必须破壳而出，变得比以前更强大。

当季节适宜时，橡子会爆裂开来，伸出根和茎，长成一棵小树苗。

小树苗从潮湿的泥土中吸取养分。它的小树叶尽情伸展，吸收着每一缕光线，每天一点点地长大。

日复一日，年复一年，小树苗变成一棵大橡树，这可真是件不容易的事。许多饥饿的嘴在一点点地蚕食着它。

藤蔓缠绕着它。

有的时候是冰天雪地。

还有的时候是火烧火燎。

艰难的时光使小树苗在长成大树时变得粗壮。然而即使是最粗壮的树也不能保证事事安全。

它仍然在成长，并沐浴着阳光。

许多年过去了，原来的小橡树长成了森林中最高的一棵树，并且根深叶茂。

阳光照耀着不计其数的树叶，阳光在生命中流动。

从树上掉下来的橡树子，给小树以生命，给森林中的生物以食物。

对许多动物来说，树意味着家园。

但当它衰老和疲倦时，它的枝干和树根就会腐烂，作为一棵橡树，它的生命几乎枯萎了。

使它变得比现在更大的唯一方式就是死亡。

当大树倒下时，它的轰然落地会震动整个森林。

蚯蚓和虫子吸食了树的生命，并将它返还给土地。

这棵树最后变成了营养丰富而黑暗的泥土。

没有人会记得它曾经是一粒橡树子长成的充满活力的树。

当另一棵树苗被种下的时候，那棵橡树似乎永远地消失了。

那棵橡树的生命从泥土中传递给这棵新树——樱桃树。

当樱桃树长大时，鸟吃它的果实，并在森林中传播樱桃种子和新的生命。

直到小橡树子的生命融入世间万物。

阅读感悟：

"我们都是大自然森林中，生长在同一枝条上的橡子。"这是作者写在扉页上意味深长的一句话。我们如橡子一样，从一粒种子开始了我们的生命旅行。生根、发芽，长出叶子，日复一日，年复一年，历经千难万险，终于成了一棵大树。像曾经别人为自己奉献一切那样，把自己也奉献了，也就老了，树倒了，终于化为泥土，融入世间万物。生命就是一个轮回，生生不息。

当世界年纪还小的时候(节选)

(德)于尔克·舒比格 / 著
林敏雅 / 译

导读:
　　在很久很久以前,当世界年纪还小的时候,当生命刚刚开始的时候,每样东西都必须学习怎么生活,星星得学会排列,石头呢?还有太阳、月亮、水和风呢?

　　当世界年纪还小的时候,每样东西都必须学习怎么生活,星星聚集排列成星座,有一些星星先试着排成长颈鹿,然后是棕榈树,又试了试排成玫瑰,最后才决定排成大熊星座。同时,还有其他的星星排成摩羯座、天龙座、金牛座、天鹅座等。

　　石头就简单多了,它们只要不断变硬变重。它们是最先完成的东西。

太阳开始发光,它学着怎么上山下山。它也试过做别的事,但是都没成功。譬如说唱歌,它粗糙的声音,把这个敏感的新世界吓坏了。

月亮刚开始不知道自己该学什么好。真的要发光吗?白天的时候,它觉得这主意不好,晚上的时候,它又觉得这主意不错。它实在无法决定,所以它只好反反复复,一下变圆,一下又变缺。于是它学会的是不断的变化。

水学着怎么流动。它很快就学会了,因为只有一种方式,那就是:一直往低的地方流,往低的地方流,往低的地方流……

风刚开始很安静,就好像它根本不存在似的,突然,不知怎么,它发现自己可以吹。

那时候生活就是这么简单,每样东西只要去发掘什么事最容易做就行了。对火来说容易的事,对木头就未必;对鱼来说容易的事,对鸟就未必;对树根来说容易的事,对树枝就未必。

世界花了很多时间来安排这一切。之后,一切几乎就自然而然地进行。雨只要从云端落下,就会掉到地面;人只要张开眼睛,就可以看到一切有多美好;只要每样东西都做它自己认为最容易的事,这世界就相当有秩序了。

这世界还相当有秩序……

嘘！不要继续。最好再一次从头开始，这个故事没有结局，只有开头，而且有很多开头。

很久很久以前，当世界年纪还小的时候……

阅读感悟：

这是节选自《当世界年纪还小的时候》的一个故事。这是本奇特的童书，有奇特的画和故事。本来很枯燥的科学的知识，关于世界的开始的，关于生命的，作者却以让人惊喜、充满童话色彩的故事来叙述，充满了美丽的灵感。

一片叶子落下来

（美）利奥·巴斯卡利亚/著

佚 名/译

> **导读：**
> 生命是怎么回事？人为什么要活着？人该怎样面对死亡？这些话题似乎总是显得很沉重、很巨大。美国作家和演讲家巴斯卡利亚博士借一片叶子的故事，试着为我们解答了这些问题。故事有点长，带给我们的思考也会很多，就让我们一起来读一读这个故事吧！

春天已经过去，夏天也这样走了。叶子弗雷迪长大了。他长得又宽又壮，五个叶尖结实挺拔。春天的时候，他还是个初生的嫩芽，从一棵大树树顶的大枝上冒出头来。

弗雷迪的身旁有成百上千的叶子，都跟他一模一样——看起来是这样。不过，他很快就发现没有两片叶子是真的一样的，尽管大家都长在同一棵树上。弗雷迪的左边是阿弗烈，右边的叶子是班，他的头顶上是那个可爱的女孩子克莱儿。他们一起长大，学会了在春风吹拂时跳跳舞，在夏天懒洋洋地晒晒太阳，偶然来一阵清凉的雨就洗个干干净净的澡。

弗雷迪最好的朋友是丹尼尔。他是这根树枝上最大的叶子，好像在别的叶子都还没来的时候就先长出来了。弗雷迪还觉得丹尼尔是最聪明的。丹尼尔告诉大家说，他们都是大树的一部分，说他们生长在公园里，说大树有强壮的根深深埋在地底下。早上飞来枝头上唱歌的小鸟、天上的星星月亮和太阳，还有季节的变化，不管什么东西，丹尼尔都有一套道理解释。

弗雷迪觉得当叶子真好。他喜欢他的树枝、他轻盈的叶子朋友、他高高挂在天上的家、把他推来推去的风、晒得他暖洋洋的太阳，还有在他身上洒下温柔洁白身影的月亮。

夏天特别好。他喜欢漫长炎热的白天，而温暖的黑夜最适合做梦。那年夏天，公园里来了许多人。他们都来到弗雷迪的树下，坐在那里乘凉。

丹尼尔告诉他，给人遮阴是叶子的目的之一。"什么叫目的？"弗雷迪问。"就是存在的理由嘛！"丹尼尔回答。"让别人感到舒服，这是个存在的理由。为老人遮阴，让他们不必躲在炎热的屋子里，也是个存在的理由。让小孩子们有个凉快的地方可以玩耍，用我们的叶子为树下野餐的人扇风，这些，都是存在的目的啊！"

弗雷迪最喜欢老人了。他们总是静静坐在清凉的草地上，几乎动也不动。他们喃喃低语，追忆过去的时光。小孩子也很好玩，虽然他们有时会在树皮上挖洞，或是刻下自己的名字。不过，看到小孩子跑得那么快，那么爱笑，还是很过瘾。

但是弗雷迪的夏天很快就过完了。就在十月的一个夜里，夏天突然消失。弗雷迪从来没有这么冷过，所有的叶子都冷得发抖。一层薄薄的白色东西披在他们身上，太阳出来就马上融化，变成晶莹的露水，搞得大家全身湿漉漉的。

又是丹尼尔告诉他们：他们刚经历生平第一次降霜。表示秋天到了，冬天也不远了。

转瞬之间，整棵树，甚至整个公园，全染上了浓艳的色彩，几乎找不到绿色的叶子。阿弗烈变成深黄色，班成了鲜艳的橙色，克莱儿是火红色，丹尼尔是深紫，弗雷迪自己则是半红半蓝，还夹杂着金黄。多么美丽啊！弗雷迪和他的朋友把整棵树变成如彩虹一般。

"我们都在同一棵树上，为什么颜色却各不相同呢？"弗雷迪问道。"我们一个一个都不一样啊！我们的经历不一样，面对太阳的方向不一样，投下的影子不一样，颜色当然也会不一样。"丹尼尔用他那"本来就是这样"的一贯口吻回答，还告诉弗雷迪，这个美妙的季节叫作秋天。

有一天，发生了奇怪的事。以前，微风会让他们起舞，但是这一天，风儿却扯着叶梗推推拉拉，几乎是生气了。结果，有些叶子从树枝上被扯掉了，卷到空中，刮来刮去，最后轻轻掉落在地面上。

所有叶子都害怕了起来。"怎么回事？"他们喃喃地你问我，我问你。"秋天就是这样。"丹尼尔告诉他们，"时候到了，叶子该搬家了。有些人把这叫作死。""我们都会死吗？"弗雷迪问。"是的。"丹尼尔说，"任何东西都会死。无论是大是小是强是弱。我们先做完该做的事。我们体验太阳和月亮，经历风和雨。我们学会跳舞，学会欢笑。然后我们就要死了。""我不要死！"弗雷迪斩钉截铁地说。"你会死吗，丹尼尔？""嗯。"丹尼尔回答，"时候到了，我就死了。""那是什么时候？"弗雷迪问。"没有人知道会在哪一天。"丹尼尔回答。

弗雷迪发现其他叶子不断在掉落。他想："一定是他们的时候到了。"他看到有些叶子在掉落前和风挣扎撕打，有些叶子只是把手一放，静静地掉落。

很快地，整棵树几乎都空了。"我好怕死。"弗雷迪向丹尼尔说，"我不知道下面有什么。"

"面对不知道的东西，你会害怕，这很自然。"丹尼尔安慰着他，"但是，春天变夏天的时候，你并不害怕。夏天变秋天的时候,你也不害怕。这些都是自然的变化。为什么要怕死亡的季节呢?"

"我们的树也会死吗?"弗雷迪问。

"总有一天树也会死的。不过还有比树更强的,那就是生命。生命永远都在,我们都是生命的一部分。"

"我们死了会到哪儿去呢?"

"没有人知道,这是个大秘密!"

"春天的时候,我们会回来吗?"

"我们可能不会再回来了,但是生命会回来。"

"那么这一切有什么意思呢?"弗雷迪继续问。

"如果我们反正是要掉落、死亡,那为什么还要来这里呢?"

丹尼尔用他那"本来就是这样"的一贯口吻回答:"是为了太阳和月亮,是为了大家一起的快乐时光,是为了树荫、老人和小孩子,是为了秋天的色彩,是为了四季,这些还不够吗?"

那天下午,在黄昏的金色阳光中,丹尼尔放手了。他毫无挣扎地走了。掉落的时候,他似乎还安详地微笑着。"暂时再见了,弗雷迪。"他说。然后就剩弗雷迪一个了,他是那根树枝仅存的一片叶子。

第二天清早,下了头一场雪。雪非常柔软、洁白,但是冷得不得了。那天几乎没有一点阳光,白天也特别短。弗雷迪发现自己的颜色褪了，变得干枯易碎。一直都好冷，雪压在身上感觉好沉重。凌晨，一阵风把弗雷迪带离了他的树枝。一点也不痛，他感觉到自己静静地温和地柔软地飘下。

往下掉的时候，他第一次看到了整棵树，多么强壮、多么牢靠的树啊！他很确定这棵树还会活很久，他也知道自己曾经是它生命的一部分，感到很骄傲。

弗雷迪落在雪堆上。雪堆很柔软，甚至还很温暖。在这个新位置上他感到前所未有的舒适。他闭上眼睛，睡着了。他不知道，冬天过了春天会来，也不知道雪会融化成水。他不知道，自己看来干枯无用的身体，会和雪水一起，让树更强壮。尤其，他不知道，在大树和土地里沉睡的，是明年春天新叶的生机。

阅读感悟：

叶子也会思考生命吗？巴斯卡利亚博士笔下的这片叶子是会的。读了这片叶子的故事，我们会觉得，其实，这片叶子不正是一个有着灵性的人吗？拟人的写法，把原本复杂深奥的生命哲理，变得浅显易懂。叶子们的对话、思考、经历，其实也是我们每一个人所要经历和面对的。你想要怎样度过自己的人生，度过每一天？想要过上怎样的生活？从这篇故事中找到答案了吗？

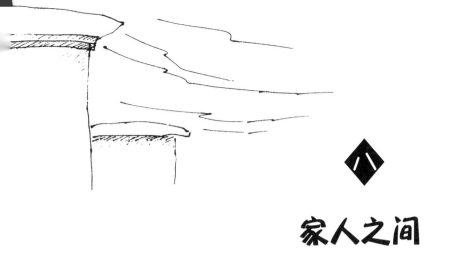

八

家人之间

"家"是什么,
我不知道;
但烦闷——忧愁,
都在此中融化消灭。

——冰心《繁星》之 114

在你心中,家是什么呢?是最让你感到舒服的窝,一个疗伤的圣地,是让你一想到就嘴角浮起微笑的地方……或许,你也曾经像逃家小兔一样要逃离它,最后又乖乖地心甘情愿地回来。这就是家的魅力!读读这一单元的故事,你也许会对家有新的认识。

家

（美）摩根 / 著

佚 名 / 译

> **导读：**
> 你有没有过这样的时候，因为爸爸妈妈太忙而埋怨他们的工作？其实他们工作正是因为要对家付出责任。

家＝爸爸（F）和（A）妈妈（M），我（I）爱（L）你（Y）Family。

父亲很晚才下班回家，又累又烦，而五岁的儿子在家门口等他。

"爸爸，我可以问你个问题吗？"

"当然。问什么呢？"男人回答。

"爸爸，你一小时能挣多少钱？"

"那不是你要了解的。你干吗要问这个呢？"父亲生气地说。

"我只是想知道,告诉我吧,你一小时能挣多少钱?"

"如果你一定要知道,那么我告诉你,一小时二十美元。"

"哦。"小男孩低下头。"爸爸,请给我十美元好吗?"

爸爸非常生气:"这就是你问我那个问题的原因吗?如果你要借钱去买一个傻瓜玩具或其他一些乱七八糟的东西的话,那么你给我立即回到你的房间,上床睡觉。好好想想吧,你为什么这样自私啊!难道我每天卖命工作是为了满足你如此幼稚的行为吗?"

小男孩一声不响地走回他的房间,关上了门。他父亲坐下来,仍为小男孩提出的问题大为光火——他竟然为了借钱而问他这样的问题!大约一小时以后,父亲的情绪慢慢稳定下来。他想:也许孩子真的需要那十美元去买些东西,他平时的确很少开口要钱的呀!

他来到儿子的房间打开门。

"你睡了吗,儿子?"他问。

"没有,爸爸,我醒着。"小男孩回答。

"我想,也许我刚才对你太严厉了。"做父亲的说,"我今天工作时间太长了,竟把烦恼施加到了你身上。这是你要的十美元。"

小男孩坐起来,笑了。"哦,谢谢你,爸爸!"他大声地叫起来,接着伸手从枕头下面拉出一些皱巴巴的票子。看到孩子已经有钱了，父亲不免有些气恼。小男孩满满地数着钱，然后抬起头望着爸爸。

"你不是有钱吗？为什么还要钱呢？"爸爸板着面孔生气地问。

"因为钱不够，但现在够了。"孩子回答，"爸爸，我现在有二十美元了。我能买你一小时的时间吗？请明天早点回家。我喜欢和您一起吃晚饭。"

阅读感悟：

家＝爸爸（F）和（A）妈妈（M），我（I）爱（L）你（Y）——Family。这是一个神奇的公式，不信，试着把F和M换成爸爸妈妈的名字，大声地把这个公式说给爸爸妈妈听，看看会发生什么！

西摩和奥珀尔

(美)尼科尔·贾赛克/著

王世跃/译

导读:
如果你也有一个"诡计多端"的兄弟,该怎么对付他呢?看看奥珀尔是怎么做的!

西摩和奥珀尔是兄妹,但大部分时间是朋友。他们住在一幢两层的房子里。房前的草坪上长着一棵鳄梨树。

兄妹俩住一个套间.哥哥住外间、妹妹住里间。奥珀尔要进自己的房间,必须先通过西摩的房间。

奥珀尔十分快乐。可有一天她却快乐不起来了,因为西摩决定向她收取通行费了。

"为什么?"奥珀尔问。

"不为什么。"西摩说。

奥珀尔想告诉爸爸妈妈。

"告诉爸爸妈妈?"西摩说,"你连想都不要想。"

"为什么?"奥珀尔问。

"不为什么。"西摩说。

奥珀尔每次去她自己的房间,都得给西摩一枚五分的硬币。

西摩从来都不忘记收费,他因此变得非常富有。

一个星期日,午餐后。奥珀尔发现她的小猪存钱罐儿空了。

外边下起雨来。西摩注视着好大好大的雨珠儿流下窗玻璃。他抛起一个垒球,用他的棒球手套接住。他看了看他的小锡兵,但它们只是站成一排直勾勾地盯着他。他敲了敲奥珀尔的房门。

"玩弹子游戏怎么样?"他问。

"不,谢谢啦。"奥珀尔说,她正忙着给她的布娃娃伊萨尔编辫子。

西摩回到自己的房间,数他的蚂蚁罐儿里的蚂蚁。然后,他下楼看他爸爸妈妈在做什么。

妈妈业余时间上美术课,这会儿正在画一幅肖像。他的叔叔约翰来充当模特了。

"怎么啦,我的小亲亲?"她问。

"没什么。"西摩叹息道。

西摩走进厨房,爸爸在那里一边唱着咏叹调,一边在为晚餐发明一种新的比萨饼。

西摩回到自己的房间,通过钥匙孔往妹妹的房间里偷看。

奥珀尔用试管和彩色粉末搭起了一个科学实验室。

"想看电视吗?"西摩问。

"不,谢谢啦。"奥珀尔说,"我在教伊萨尔怎样制造彩虹。"

西摩跟自己下了一盘跳棋。然后,他敲了敲奥珀尔的房门。

"想去花园里踩水洼玩儿吗?"他问。

"不,谢谢啦。"奥珀尔说,"三个善良的仙女来我这里喝茶。"

奥珀尔用她的小瓷杯和桌布组成了一张漂亮的茶桌。她在往伊萨尔的杯子里倒茶。

过了一会儿,西摩想听奥珀尔房间里的收音机。

"现在不行!"奥珀尔从两把椅子和一张毯子围成的锥形帐篷里喊道,"'白熊'和我正在穿珠子项链,他要把它们带回他的部落去。"

"要是你让我跟你玩,我就给你一枚五分的硬币。"西摩说。

"不,谢谢啦。"奥珀尔说。

"两枚五分的硬币怎么样?"西摩说。但奥珀尔说:"不。"

"为什么?"西摩问。

"不为什么。"奥珀尔说。

"我让你随时通过我的房间,只要你想。"西摩说,"免费。"

"明天放学后,我要去北极探险,可以借用一下你的手表式步话机吗?"奥珀尔问。

"可以,如果你的确要借的话。"西摩说。

她的确借了。

阅读感悟:

西摩在自己的房间设卡收费真的只是为了搜刮妹妹的钱财吗?奥珀尔虽然掏空了小猪储蓄罐,却仍是最后的赢家,她是用什么办法让西摩后悔,并愿意无偿借出自己的手表式步话机的?

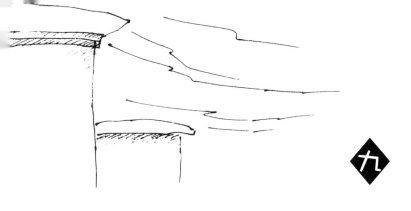

九 书的光芒

　　书的光芒会照亮我们的眼睛，让我们透视黑暗、远离蒙昧；书的光芒会照亮未知的世界，让我们与安徒生相遇，认识遥远的霍格沃茨魔法学校，羡慕长不大的彼得潘，为鲁滨孙的遭遇紧张……

　　闲暇的时候，握一卷书在手是一件多么惬意的事情呀！打开书卷，一个个精彩纷呈的故事，会和我们撞个满怀，还等什么呢？让我们开始阅读吧！

灯下夜读

毛芦芦 / 著

导读：
　　许多小朋友人生的第一位老师，是自己的妈妈。温馨的灯光下，在妈妈的怀抱里，舒适的沙发上，或是整洁的书桌旁，亲子伴读的时光，是多么幸福美好啊！在小朋友眼中，妈妈的伴读，也许只是好玩的故事，有趣的知识，睡前的时光。在一位作家妈妈的眼里，亲子阅读又意味着什么呢？

　　宝贝，这是我们每天晚上的功课：在灯下，摊开一本书，轻轻地读。

　　《小马过河》《木偶奇遇记》《卖火柴的小女孩》《绿野仙踪》……每一本书，都给了你一个全新的世界。每一本书，都在你的眼中画出了七彩的虹。每一本书，都是一泓极清的泉，映照着你一尘不染的童心。

虽然你还那么小，只有两岁半，可你已经能从书中汲取真诚、善良和灵魂的美丽。

灯光柔柔地舐着你，也舐着我。

夜虫叽叽。

天地的心在我们枕边，宝贝，天地的心，这一刻，就在我们的书中。

其实，你还不认识字。可在这样的夜晚，在这样的灯下，妈妈的眼就是你的眼，妈妈的智慧就是你的智慧。

在你断乳之后，那一本本书，让妈妈再一次为你哺乳，亲爱的宝贝！

愿光阴就这样静谧地流淌，直到永远……

阅读感悟：

这篇散文虽然很短小，却像珍珠，晶莹夺目；像茉莉，清香四溢。因为文字里有浓浓的爱，对女儿的爱，对书的爱，对善与美的爱。书，是心灵的营养，是儿童成长的另一种乳汁……

小鬼和小商人

（丹麦）安徒生 / 著

叶君健 / 译

导读：

一个穷学生，得到一本破书。宁静的夜晚，这本破书里，竟可以冒出一棵大树，每片叶子都新鲜，每朵花都像是美女的面孔……这是怎么回事呢？快来看看童话大师安徒生的这篇经典童话吧。

从前有一个名副其实的学生：他住在一间顶楼里，什么也没有；同时有一个名副其实的小商人，住在第一层楼上，拥有整幢房子。一个小鬼就跟这个小商人住在一起，因为在这儿，在每个圣诞节的前夕，他总能得到一盘麦片粥吃，里面还有一大块黄油！这个小商人能够供给这点东西，所以小鬼就住在他的店里，而这件事是富有教育意义的。

有一天晚上，学生从后门走进来，给自己买点蜡烛和干奶酪。他没有人为他跑腿，因此才亲自来买。他买到了他所需要的东西，也付了钱。小商人和他的太太对他点点头，表示祝他晚安。这位太太能做的事情并不止点头这一项——她还有会讲话的天才！

学生也点了点头。接着他忽然站着不动，读起包干奶酪的那张纸上的字来了。这是从一本旧书上撕下的一页纸。这页纸本来是不应该撕掉的，因为这是一部很旧的诗集。

"这样的书多的是！"小商人说，"我用几粒咖啡豆从一个老太婆那儿换来的。你只要给我三个铜板，就可以把剩下的全部拿去。"

"谢谢，"学生说，"请你给我这本书，把干奶酪收回去吧；我只吃黄油面包就够了。把一整本书撕得乱七八糟，真是一桩罪过。你是一个能干的人，一个讲究实际的人，不过就诗说来，你不会比那个盆子懂得更多。"

这句话说得很没有礼貌，特别是用那个盆子做比喻；但是小商人大笑起来，学生也大笑起来，因为这句话不过是开开玩笑罢了。但是那个小鬼却生了气：居然有人敢对一个卖最好的黄油的商人兼房东说出这样的话来。

黑夜到来了，店铺关上了门；除了学生以外，所有的人都上床去睡了。这时小鬼就走进来，拿起小商人的太太的舌头，因为她在睡觉的时候并不需要它。只要他把这舌头放在屋子里的任何物件上，这物件就能发出声音，讲起话来，而且还可以像太太一样，表示出它的思想和感情。不过一次只能有一件东西利用这舌头，而这倒也是一桩幸事，否则它们就要彼此打断话头了。

小鬼把舌头放在那个装报纸的盆里。"有人说你不懂得诗是什么东西，"他问，"这话是真的吗？"

"我当然懂得，"盆子说，"诗是一种印在报纸上补白的东西，可以随便剪掉不要。我相信，我身体里的诗要比那个学生多得多；但是对小商人说来，我不过是一个没有价值的盆子罢了。"

于是小鬼再把舌头放在一个咖啡磨上。哎哟！咖啡磨简直成了一个话匣子了！于是他又把舌头放在一个黄油桶上，然后又放到钱匣子上——它们的意见都跟盆子的意见一样，而多数人的意见是必须尊重的。

"好吧，我要把这意见告诉那个学生！"

于是小鬼就静悄悄地从一个后楼梯走上学生所住的那间顶楼。房里还点着蜡烛。小鬼从门锁孔里朝里面偷看。他瞧见学生正在读他从楼下拿去的那本破书。

但是这房间里是多么亮啊！那本书里冒出一根亮晶晶的光柱。它扩大成为一根树干，变成了一株大树。它长得非常高，而且它的枝丫还在学生的头上向四面伸展开来。每片叶子都很新鲜，每朵花儿都是一个美女的面孔：脸上的眼睛有的乌黑发亮，有的蓝得分外晶莹。每一个果子都是一颗明亮的星；

此外，房里还有美妙的歌声和音乐。

嗨！这样华丽的景象是小鬼从没有想到过的，更谈不上看见过或听到过了。他踮着脚尖站在那儿，望了又望，直到房里的光灭掉为止。学生把灯吹熄，上床睡觉去了。但是小鬼仍旧站在那儿，因为音乐还没有停止，声音既柔和，又美丽；对于躺着休息的学生说来，它真算得是一支美妙的催眠曲。

"这真是美丽极了！"小鬼说，"这真是出乎我的想象！我倒很想跟这学生住在一起哩。"

接着他很有理智地考虑了一下，叹了一口气："这学生可没有粥给我吃！"所以他仍然走下楼来，回到那个小商人家里去了。他回来得正是时候，因为那个盆子几乎把太太的舌头用烂了：它已经把身子这一面所装的东西全都讲完了，现在它正打算翻转身来把另一面再讲一通。正在这时候，小鬼来到了，把这舌头拿走，还给了太太。不过从这时候起，整个的店——从钱匣一直到木柴——都随声附和盆子了。它们尊敬它，五体投地地佩服它，弄得后来店老板晚间在报纸上读到艺术和戏剧批评文章时，它们都相信这是盆子的意见。

但是小鬼再也没有办法安安静静地坐着，听它们卖弄智慧和学问了。不成，只要顶楼上一有灯光射出来，他就觉得这些光线好像就是锚索，硬要把他拉上去。他不得不爬上去，把眼睛贴着那个门锁孔朝里面望。他胸中起了一种豪迈的感觉，就像我们站在波涛汹涌的、正受暴风雨袭击的大海旁边一样。他不禁凄然泪下！他自己也不知道他为什么要流眼泪，不过他在流泪的时候却有一种幸福之感：跟学生一起坐在那株树下该是多么幸福啊！然而这是做不到的事情——他能在锁孔里看一下也就很满足了。

他站在寒冷的楼梯上；秋风从阁楼的圆窗吹进来。天气变得非常冷了。不过，只有当顶楼上的灯灭了和音乐停止了的时候，这个小矮子才开始感觉到冷。嗨！这时他就颤抖起来，爬下楼梯，回到他那个温暖的角落里去了。那儿很舒服和安适！

圣诞节的粥和一大块黄油来了——的确，这时他体会到小商人是他的主人。

不过半夜的时候，小鬼被窗扉上一阵可怕的敲击声惊醒了。外面有人在大喊大叫。守夜人在吹号角，因为发生了火灾——整条街上都是一片火焰。火是在自己家里烧起来的呢，还是在隔壁房里烧起来的呢？究竟是在什么地方烧起来的呢？

大家都陷入恐慌中。

小商人的太太给弄糊涂了，连忙扯下耳朵上的金耳环，塞进衣袋，以为这样总算救出了一点东西。小商人则忙着去找他的股票，女佣跑去找她的黑绸披风——因为她没有钱再买这样一件衣服。每个人都想救出自己最好的东西。小鬼当然也是这样。他几步就跑到楼上，一直跑进学生的房里。学生正泰然自若地站在一个开着的窗子面前,眺望着对面那幢房子里的火焰。小鬼把放在桌上的那本奇书抢过来,塞进自己的小红帽里,同时用双手捧着帽子。现在这一家的最好的宝物总算救出来了!所以他就赶快逃跑,一直跑到屋顶上,跑到烟囱上去。他坐在那儿,对面那幢房子的火光照着他——他双手抱着那顶藏有宝贝的帽子。现在他知道他心里的真正感情,知道他的心真正向着谁了。不过等到火被救熄以后,等到他的头脑冷静下来以后——嗨……"我得把我分给两个人,"他说,"为了那碗粥,我不能舍弃那个小商人!"

这话说得很近人情!我们大家也到小商人那儿去——为了我们的粥。

阅读感悟:
　　这是神奇的景象:书闪闪发着神光,升起一道明亮的光束,接着变成一棵树……难怪小鬼会被吸引,为之改变,要将自己一分为二:一半追求物质,屈服于生活;一半追寻精神,臣服于书籍。

读吧,小牧童

(保加利亚)伐佐夫 / 著
杨燕杰 / 译

导读:
瞧!那个衣衫褴褛的小牧童,他坐在核桃树的阴凉下,两眼紧紧盯着什么呢?

在一棵核桃树的阴凉下,
我看见一个小牧童坐着,衣衫褴褛——
两只眼睛紧盯着破旧的识字课本。
"你在读什么,亲爱的小伙计?"
"我在读 A,B。"

读吧,读吧!这本小玩意
今天会在世界上创造奇迹,
它是上帝亲自留给我们的第二个太阳,

它能唤醒沉睡者，使健康的人更明理。
你读吧：A，B。

它比钻石和黄金更珍贵：
你读吧！它能使盲人见天日——
全世界都从这口泉眼里汲取清流——
下点功夫它就会重重赏你。
你读吧：A，B。

是啊，它是太阳。那些活活葬身在
精神的黑暗中的人应该感到羞耻！
读吧，你读了它就会变成一个新人，
一个能在世界上斗争的大力士。
你读吧：A，B。

你年纪虽小，但要肯在这里花力气——
不花力气任何时候都不会有成绩！
有了强壮的身体再有学识——
你就真正掌握了成功的奥秘。
你读吧：A，B。

阅读感悟：
　　也许你还不太明白诗人的谆谆教诲，但是你要坚信诗人的话：书本会在世界上创造奇迹，读吧，孩子们！像小牧童那样！

书的光芒

（希腊）安吉利基·瓦里拉 / 著
黑　马 / 译

导读：
　　两个喜欢读书的孩子，学会了在书页之间航行和探险，他们获得了怎样的乐趣呢？读一读获得1990年安徒生文学奖提名的希腊作家瓦里拉这篇讲演稿，你就知道了。

　　这两个孩子喜欢玩地球仪，他们把它扒拉得转了一圈又一圈。他们闭上眼睛，用手指随便指向地球仪的某个地方，如果指到的是北京、马达加斯加或墨西哥，他们就会到图书馆去找讲这个地方的书来读。

　　他们喜欢读书，乐在其中，他们窗口的灯光一直亮到深夜。

是借着书的"光芒",他们发现自己就在中国的长城附近,或与海盗一起倾听着大海的涛声,住在古埃及的金字塔旁,与因纽特人一起在冰封的湖面上乘雪橇,亲自参加古代的奥林匹克运动会并戴上了用野橄榄枝做成的花冠。

每当他们困了,那些故事、那些传奇、那些地方、那些作家和英雄就在梦中混作一团,温柔地哄他们睡去,伊索会在埃菲尔铁塔的最高处对舍赫拉扎德背诵他的寓言;而克里斯托夫·哥伦布会听汤姆·索亚讲他在密西西比河上的一条小船上的恶作剧;爱丽丝则会同玛丽·波平斯一起在幻境里旅行;安徒生则会在金字塔外面对蜘蛛安纳塞讲他的童话。

玩地球仪和读书让孩子们非常开心,这样的活动似乎永远不会停止,他们学会了在书页之间航行和探险。他们的"灯光"帮助他们征服整个星球,体验不同的文明和时代,羡慕这些文明和时代的丰富多彩。简言之,他们可以体验他们屋子以外的广漠世界。他们可以飞向任何地方,旅行,做梦。

当然了,他们总是忘记关灯就睡了!

"你们还不睡觉啊?"父母会冲他们嚷,"都什么时辰了?关灯!"

"我们关不上!"孩子们会大笑着回答,"书上的光没法关。"

阅读感悟：
　　你是不是也很向往和海盗一起听涛声、住在金字塔旁、和因纽特人一起乘雪橇、参加古代的奥运会、听伊索背诵他的寓言……如果身体不能前往，那么不妨借助书的光芒，通过文字让我们的心灵飞向任何地方！

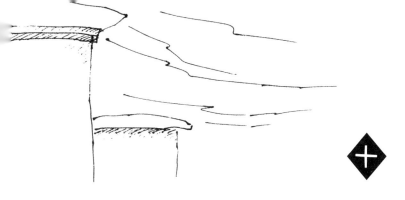

有趣的事情

童年是每个人心中永远的芳草地,童年游戏就是那草地上缤纷的花草。吹肥皂泡泡、抽陀螺、砸鱼……这些游戏有的我们也许已经很陌生了,但是它们至今还让老一辈人乐此不疲、回味无穷。

陀螺

高洪波 / 著

导读：
　　提起陀螺，也许小朋友不太熟悉，不过你的爸爸或爷爷那代人一定不会陌生。因为对他们来说，陀螺已经不是简单意义上的玩具了，它是老一辈人一段难忘的经历。让我们一起去品味吧！

　　在我的故乡，陀螺不叫陀螺，叫作"冰尜儿"。这一俗名的来历，早已无从考究，顾名思义，"冰尜儿"——冰上的小家伙。较之斯斯文文的"陀螺"来，我觉得"冰尜儿"自有它的贴切与亲切处。

　　冰尜儿的抽打，季节当然在冬季的冰天雪地里，最好的场所是在冰面上。此外，上乘的冰尜儿要在尖部嵌一颗滚珠，转起来便能增加许多妩媚；顶不济的，也要钉上一枚铁钉，否则转不了几圈，就会头秃齿豁，不堪造就了。冰尜儿的前身，当然是木头：柳木、榆木、松木、枣木、梨木，几乎均可制作。无论嵌以滚珠，还是钉以铁钉，均不会裂开，能毫无怨言地听从你的鞭打，管自在冰面旋转舞蹈，憨态可掬。

抽冰尜儿的小伙伴们，都爱比个高低上下，彼此各站一角，奋力抽转自己的冰尜儿，然后让它们互相朝对方撞去。这时你看吧，两只旋转的陀螺带着搏斗的勇敢，旋风般撞向对手，刚一接触，便被物理作用所左右，各自闪向一边，于是重整旗鼓再战——直到一方被撞翻方可告一段落！这赛陀螺的战事，每每以体重个大的一方取胜告终。因此，小陀螺的持有者只能在自家院子里玩儿，从不拿到马路上去挑衅的。况且小陀螺更有个难听的绰号"角锥"，盖讥其小且细也。抽打"角锥"者，大多是拖鼻涕的"开裆裤党人"，他们的兴趣，在于鞭子本身，陀螺的质量倒往往不予注意。

我是从"角锥阶层"成长起来的。可是从小不甘人后，更不愿自己的陀螺像金兵见到岳家军，一战即败。于是四处寻找木头，为削制得心应手的"冰尜儿"，就差没把椅子腿拿来"废物"利用了。为此不知挨了多少责骂，可仍然热衷此道。然而一个孩子无论如何是削不出高质量的陀螺的，因此，曾有很长一段时间我的世界堆满乌云，快乐像过冬的燕子一般，飞到一个谁也看不到的地方去了。

这种懊恼终于引起了长辈的注意。我的叔叔，一位很有童心的年轻民警，答应在我生日时送我一个陀螺。这消息曾使我一整天处于神情恍惚的状态，老想象着那只陀螺的英俊挺拔的风姿。

叔叔的礼物不错！

这只陀螺不是人工削制的，而是一位木工在旋床上旋出来的，圆且光滑，从质感到形象都如同一枚鸭蛋。虽然它远不如我幻想中的那么漂亮，但我极其高兴地接受了叔叔的礼物。尤其当我看到这枚"鸭蛋"的下端已嵌上一粒大滚珠时，更是手舞足蹈，恨不得马上就在马路上一显身手！

我的陀螺刚一露面，就招来了一顿嘲笑。的确，在各种各样的陀螺面前，它长得不伦不类，该平的地方不平，该尖的部位不尖，平庸、圆滑、一团和气，根本没有一丝一毫与同伴相斗的锐气。这模样使我的士气也大受挫折，管自在一旁抽打，不再向任何一方挑战。

然而世间许多事都是不可预料的，我追求的"和平"只是个人的愿望，小伙伴们则不甘寂寞，他们中的一位大陀螺的主人，开始向我傲慢地挑衅。大陀螺摇头晃脑，挺着肚皮一次次冲过来，我的"鸭蛋"则不动声色地闪躲。一次次冲击，一次次闪躲，终于到了无法避开的地步，它们狠狠地撞上了！

奇怪的是，我的陀螺个头虽然小，却顽强得出奇！明明被撞翻在一边，一扭身又能照样旋转——显然是物理作用的效应。加上它圆头圆脑，好像上下左右均能找到支撑点来进行旋转似的。结果呢，大陀螺在这种立于不败之地的对手面前，人仰马翻，十分耻辱地溃败了。

这真是个辉煌的时刻！我尝到了胜利的滋味，也品到了幸运的甜头。无意中获得的"荣誉"，虽然小如微尘，但对于好胜的孩子来说，也足以陶醉许久了——直到现在我还能津津乐道地写下这些文字，便是一种有力的证明吧！

我的"冰尜儿"，一只丑小鸭生出的丑鸭蛋，一方被木工随便旋出的小木头块儿，就这样以它的旋转，在童年的一个冬日里，赠予了我极大的欢乐和由衷的自豪。

这真应了一句古话：人不可貌相，海水不可斗量！

阅读感悟：
叔叔送的陀螺怎么样？为什么？从哪些文字可以体会出陀螺带给孩子们的乐趣？

砸鱼

尹正茂 / 著

导读：
寒冷的冬天到了，到处冰天雪地，你一定在家里窝出火来了吧——这么冷的天什么都不能玩，真没劲！告诉你，在北方，这可是孩子们砸鱼的好季节哦！

好冷的天啊，太阳都冻得发灰了。可是，在冰天雪地的北方，正是孩子们砸鱼的好季节。

我们村里的小胖水生，砸鱼的本事最大。太阳一下山他就嚷着："砸鱼去呀！"不一会儿，七八个小伙伴聚拢来了。有的提着马灯，有的带着手电筒，有的背着鱼篓。水生扛着木榔头跑在前头。

小河早结了冰。冰层下面，隐隐约约看到鱼儿在游动。水生带领大家找了一个光滑透明的冰面，画上圆圈，做好标记。天一暗，我们就打开手电筒，点亮马灯。灯光引着鱼儿，鱼儿追着灯光,穿过水草,吐着气泡,朝着有标记的冰面游去。鱼儿越聚越多,大家把灯停下,鱼群也停下了。水生高兴地朝大伙儿做个鬼脸,抡起木榔头,往下猛一砸,"扑通!"冰面上砸出了一个大窟窿,只见一股水柱喷出来,那些鱼儿呀,活蹦乱跳地顺着水柱到冰面上来了,有趣极了!大家不顾手冻得通红,急忙把一条条银白色的鲜鱼扔进了鱼篓。

快快回家,让妈妈给咱们做烤鱼吃去!

阅读感悟:

怎么样?你掌握了砸鱼的技巧了吗?快说给大家听听吧!是不是心里痒痒的,恨不得马上试一试?想不想在寒冷的冬天,到北方去砸鱼?

战马蜂

赵丽宏 / 著

导读：

男孩总是喜欢做一些冒险的事情，比如战马蜂。挑战马蜂，有时是出于好玩，有时是为了复仇。本文中的"我"因为被马蜂蜇过，而用镰刀割下了马蜂窝，作为胜利者的"我"，会感到开心吗？

小时候，对蜜蜂有着极好的印象，因为在我读过的童话、唱过的童谣里，蜜蜂是一种勤劳而又美丽的小昆虫，是人类的好朋友。蜜蜂虽然可爱，然而却不可亲近，这道理我也知道，因为蜜蜂会蜇人。不过蜜蜂绝不是一种进攻型的动物，你不去惹它，它绝不会来蜇你。所以我经常凑近了停落在花叶上的小蜜蜂，仔细地观察它们，看它们怎样颤抖着毛茸茸的身体和晶莹透明的翅膀，在花蕊中采集花粉。有时候忍不住伸出手去摸，它们也不蜇我，只是拍拍翅膀飞走了事。所以一听见蜜蜂飞舞的嗡嗡声，我就感到说不出的亲切。

然而那嗡嗡的飞舞声未必都是蜜蜂发出来的，譬如马蜂，发出的声音便和蜜蜂差不多。把马蜂当成蜜蜂的经历，我一直无法忘记。

那是六七岁的时候，有一次到乡下去，在一片树林里面玩，看见一个莲蓬状的东西挂在树枝上。莲蓬怎么会长到树上去呢？我正感到奇怪，突然看见一只身体金黄和黑色相间的大蜜蜂，飘飘悠悠地飞落在那个莲蓬上，姿态真是优美极了。这么大的蜜蜂，我还从来没有见过呢！我想，如果把它捉回去让大家都来看看，该有多好。于是我小心翼翼地伸出手去，眼看就要捏住大蜜蜂的翅膀，想不到大蜜蜂自己飞起来，轻轻地停落在我的手背上。接着，手背就像被烙铁烫了一下，痛得我大叫起来。等我想去拍那马蜂，它却不慌不忙地飞走了。我捂着火烧般的剧痛难忍的手背，在树林里又跳又叫。过一会儿一看，手背肿得像个红红的大馒头。这时，只听见那大蜜蜂飞舞的嗡嗡声仍在耳边飘绕。这嗡嗡声顿时变得可恶而又可怕……

我逃回屋里，向一位慈眉善目的乡村老翁展示我那红肿的手背。老翁笑着告诉我："这不是蜜蜂，是马蜂！这虫子厉害，你不要去惹它们。"我问："马蜂是好的还是坏的？"老翁笑道："不好也不坏。"这回答实在太含糊。在儿时的概念中，世界上的人非好即坏，以此类推，其他东西当然也一样。于是我便追问:"什么叫不好也不坏?"老翁想了想,说:"你不去惹它,它活得自由松快,不是好好的?你要是去惹它,它急了,就会蜇人,那就坏了。你说对不对?"

对不对?不对!对老翁的话,我并没有认可。嘴里虽然不说,心里却认定了,那喜欢蜇人的马蜂绝不是好东西。我要报仇,要惩罚它们一下!

我找来一个用竹片做成的苍蝇拍,自以为这是消灭马蜂的武器。拿着苍蝇拍来到树林里,我到处寻找马蜂。可马蜂们却仿佛知道我的心思,都不知躲到哪里去了。在林子里兜了半天,看不见一只马蜂。于是我又找到那棵挂着莲蓬的大树,果然,莲蓬的孔眼里,有马蜂的翅膀在闪动。我这才知道,这莲蓬便是马蜂窝。我举起苍蝇拍,用力向莲蓬拍去,莲蓬被拍得像一个钟摆,在树上荡个不停。然而我的快乐没有超过三分钟,灾难便接着来了:从马蜂窝里飞出七八只大马蜂,一齐向我飞来。我躲之不及,在一片嗡嗡声中,头上和脸上被狠狠地蜇了三四下……这下惨了,整个脑袋都肿起来,疼得我直掉眼泪。第一次和马蜂作战,大败而归。我成了乡里孩子们的笑料。然而这是我自找的,能怨谁呢?

第二天,我把自己"武装"了一下:头上戴了一顶草帽,手上戴了一副破手套。还准备了新的武器:一把镰刀。战场当然还是树林,对手也依然是马蜂。这次我是胜利者。当我一镰刀割下那马蜂窝后,转身拔腿就逃,跑出不多几步,就听见一片嗡嗡声在头顶上响起来，草帽上停落下好几只马蜂，但是它们已经对我无可奈何……跑出树林后，我坐在河边喘了好一阵气，估计已经没有危险，便又悄悄地返回到树林里，检阅我的"战果"。马蜂窝已躺在树下的一片水洼里，马蜂们正惊慌失措地在上面爬来爬去，透明的翅膀不规则地颤动着，一副可怜的样子。奇怪的是，这时它们再不把我当敌人，我站在旁边看，它们无动于衷，只是忙着为自己巢穴的毁灭而伤心叹息。我知道，此刻，如果我不去攻击它们，它们是绝不会飞来蜇我的，即便我曾经捣毁过它们的家。唉，这些小东西，它们不像我那样会记仇。看着这些可怜的马蜂，我一下子失去了胜利者的喜悦，反而生出几分愧疚来。到晚上，这些流离失所的马蜂不知会怎么样……

此后，我再也不与马蜂为敌，也再也没有被马蜂蜇过。而蜜蜂的嗡嗡声，依然使我感到亲切。很自然地，在那嗡嗡声里，我也会想起马蜂，同样也是一种亲切感，尽管我们曾经打过仗。

阅读感悟：

"我"大战马蜂，终于一镰刀割下了马蜂窝，获得了胜利。可是，当"我"悄悄地返回树林，检阅"战果"时，却失去了胜利的喜悦，内心生出了愧疚，这是为什么呢？在文章倒数第二段里，作者用充满感情的笔触，以拟人的写法，细致地描写了马蜂在巢穴毁灭后的表现，请注意体会这种写法的好处。

后　记

这套书,从着手编选、点评,到终于出版,十年过去了。

2008年春,我在《小学生作文选刊》杂志任执行主编,发起了一场主题为"幸福阅读,快乐作文"的全国优秀儿童文学作家河南校园行系列活动。曹文轩先生是活动邀请的首位作家。

活动间隙,散步在郑州外国语中学蔷薇花盛开的围墙边,曹先生提议我来协助他,为小学生编选一套语文读本。我们希望借由这套书,让孩子们通过阅读经典的、格调优美、语言纯正的作品,形成优美的语感,培养美好的情操,领悟阅读与作文的有效方法,能够运用优雅得体的语言进行交流和表达。

编写体例确定后,我们邀请了特级教师岳乃红、诗人丁云两位老师参与。我们认真工作,这套书稿在2010年基本完工。期间,曹先生多次对书稿进行审阅,并提出修改意见。曹先生教学、写作、社会活动任务异常繁重,但却总保持着波澜不惊的淡定与从容,总是面带微笑,谦和、儒雅而亲切。先生细心审阅书稿,并热心介绍出版社,十分关心这套书的出版。

2012年春，我的工作起了变化。我辞去编辑工作，创办了语文私塾——文心书馆，陪小学生学习汉字、读书和作文。我将这套书中的选文与孩子们分享，并邀请几位语文教师把部分篇目引入课堂，不断对书稿进行加工和完善。几年又过去了，它渐渐成了今天的样子。

古人有"十年磨一剑"的诗句，我们虽然有足够的热情和定力，想要把这套书编好，却丝毫不敢自夸它已经足够完美。这套书就要出版了，首先要衷心地感谢曹文轩先生的编写提议与全程指导，感谢每一位原作者、译者为读者奉献了如此优秀的作品，感谢曾参与这套书编选的每一位老师。

在编选这套书的过程中，我们得到了许多作家师友的热情帮助。蒙作者概允，书中大部分作品都已获得出版授权。部分作者因无法取得联系，稿酬已委托中国文字著作权协会转付，敬请相关著作权人与之联系。电话：010-65978917；传真：010-65978926；E-mail: wenzhuxie@126.com，也可发送邮件至sjygbook@163.com，以便我们及时奉上稿酬及样书。

希望这套书能够赢得全国小学生读者的喜欢！

袁　勇

2018年5月15日于文心书馆